DO VAN RANST

Dina
Verre vrienden en een vlek

Davidsfonds/Infodok

Dina heeft een eigen profiel op Netlog. Ook jij kan met
haar bevriend raken en als eerste nieuwtjes ontdekken.
Bekijk haar profiel op http://nl.netlog.com/dinavantsant
of stuur haar een e-mail op dina@davidsfonds.be!

Van Do Van Ranst verschenen bij Davidsfonds/Infodok:
Dit is Dina! (10+)
Hoge hakken en een hoed (10+)
Morgen is hij weg (9+)

Van Ranst, Do
Dina. Verre vrienden en een vlek

© 2010, Do Van Ranst en Davidsfonds Uitgeverij nv
Blijde Inkomststraat 79, 3000 Leuven
www.davidsfondsuitgeverij.be
Vormgeving cover: Sin Aerts
Vormgeving binnenwerk: Peer De Maeyer
D/2010/2952/30
ISBN 978-90-5908-368-4
NUR: 283
Trefwoorden: nieuwe vrienden, toneel, verhuizen
De auteur ontving voor het maken van dit boek steun
van het Vlaams Fonds voor de Letteren.

Vlaams
Fonds
voor de
Letteren

STICHTING NEDERLANDSE
KINDERJURY
2010

Voor je gaat lezen, eerst even waarschuwen dat het begin niet geschikt is voor ietwat sentimentele lezers. Ik bedoel maar: als je snel huilt, kun je het eerste stukje van mijn verhaal maar beter gewoon overslaan. Het is namelijk niet zo dat je er geen snars van zult begrijpen als je dit (ik herhaal) uiterst trieste stukje liever niet leest. De keuze is aan jou, natuurlijk. Maar zeg niet dat ik je niet gewaarschuwd heb.

X, Dina

1.

Ik sta op de oprijlaan van ons huis, naast onze auto, die volgestouwd is met spullen (ik vertel zo wel waarom). Ik sta daar niet gewoon. Ik bedoel: het is niet dat ik rustig naar de spelende kinderen op het plein voor ons huis sta te kijken. Dat zou ik niet eens *kunnen*. Ik zou in tranen uitbarsten bij het zien van de broers Vanderdonckt, die voetballen op het grasveld. Ook al kunnen die twee irritantjes van hiertegenover mij normaal gezien geen moer schelen. Nu ja, ze doen niet echt iets verkeerd of zo, maar het zijn *jongens*, weet je wel. Janken zou ik, als ik kleine Lien en haar buurmeisje Cleo zag kopjeduikelen, op datzelfde grasveld. Ik sta zelfs met mijn rug naar 'ons' buurtplein, waar ik van mijn nul jaar tot gisteren heb gespeeld, gelegen, gehangen, *geleefd*, samen met alle andere kinderen die er wonen.

De mannen van het gemeentebestuur hebben enkele jaren geleden zelfs nieuw gras moeten zaaien omdat het oude compleet stuk was gespeeld. Alle grassprieten zijn jarenlang door onze speelschoenen onze huizen in geschopt, weggeveegd door onze moeders en door onze vaders de composthoop op geflikkerd.

Maar nu kan ik er niet naar kijken, naar dat gras en naar de jonge boompjes die de pa van Stefanie Klaas, bijna twee jaar geleden, in het holst van de nacht heeft gepland. Om de buurt te verrassen. Iedereen vindt hem nog steeds gestoord, maar het was alles bij elkaar, als ik er zo aan sta te denken, een mooi gebaar.

Ik mag niet denken aan wat er daarna gebeurde met Sjoerd Versteeg! Bij het voetballen liep hij tegen zo'n dun stammetje, omdat hij het nog niet gewend was dat die er stonden. (Zijn ouders spanden een rechtszaak in tegen de vader van Stefanie, want alles bij elkaar was hij wel verantwoordelijk voor de averij die Sjoerd opliep.) Het stammetje boog heel diep door, dreigde haast te knappen onder het gewicht van Sjoerd, maar won het toch en katapulteerde Sjoerd weg, want uiteindelijk is Sjoerd slechts een trommelstok breed, waardoor hij met zijn gat in een plas terechtkwam. Het ergste was wel dat zijn elleboog door de huid van zijn arm stak. Dat hadden we eerst niet in de gaten. En het glas van zijn bril zat niet meer *in* het montuur, maar lag er in duizend stukjes rond. Sindsdien hebben alle boompjes een fluogeel lintje om. Het is geen gezicht, maar wel veilig. De pa van Stefanie Klaas ging uiteindelijk toch vrijuit.

Maar ik sta op de oprijlaan. Mijn hoofd rust in de armen van Marlowies. Haar ene hand aait mijn haar en ze sust me met lieve woordjes. 'Het komt wel goed' en 'het is niet ver' en 'we zien elkaar snel weer' herhaalt ze om de haverklap. Hoe vaker ze het zegt, hoe meer ik begrijp dat het juist allemaal *niet* zo is. Het komt nooit goed! Het is mijlenver en ik zie haar pas in de hemel terug. Als we zoet zijn.

Ik laat haar begaan. Het sussen is best fijn en haar hand op mijn haar is heerlijk. En zolang ik hier blijf staan, ben ik nog niet vertrokken. Zolang ik hier blijf snotteren in Marlowies' trui (het ding prikt in mijn neus, maar ach) kan er nog een wonder gebeuren. Of kan mijn vader zich bedenken. Een geest of een god daalt op aarde neer en fluistert mijn vader in dat dit het meest foute is wat hij in zijn leven kan doen. Het is net zo erg als je ziel verkopen. Of je dochters! Een deus ex machina heet zoiets. Ik heb het geleerd op school. Het betekent: als alles om zeep is en niks kan nog redding brengen, is er nog altijd zoiets als een soort Superman. Een kracht van ergens hierboven. Volgens Petermans (onze juf Nederlands) is het ooit uitgevonden door schrijvers van ingewikkelde verhalen die op den duur zelf niet meer wisten hoe het moest aflopen. Dit is een verhaal en het is ingewikkeld, maar het is niet *mijn* verhaal, als je het wilt weten. Ik zou heel andere dingen verzinnen. Veel makkelijkere. Alles laten zoals het was, want het was goed. Keigoed! Het is een verhaal van grote mensen. Of wat dacht je? Van mijn vader dan nog wel. En ik denk niet dat *hij* weet hoe het zal aflopen.

Ik vertel je wat er aan de hand is.

Alles was hoe het moest zijn. Hoe het gewoon hoorde. We wonen al zo'n twintig jaar hier, op het Bietenveld. Nu ja, ik nog maar dertien jaar, maar dat komt omdat ik tot voor die tijd nog niet geboren was. Mijn zus wordt straks negentien, dus zij heeft het huis nog gezien toen er nog geen plankenvloer lag en de muren nog niet geschilderd waren. Ze mocht met stiften op de muur krabbelen. Het moet er koud en vochtig geroken hebben toen zij haar fruitpapje opgelepeld kreeg. Niet dat ze dat nog weet, maar tot voor kort hoorden we het onze ouders elke week minstens een paar keer vertellen. Ze zegden het niet iedere keer, maar in hun woorden en hun blikken kon je het duidelijk horen: 'Het was zo'n mooie tijd!'

Die mooie tijd is finaal voorbij, want we gaan hier weg. Dat kon je natuurlijk al raden. Wat zou ik anders naast onze volgestouwde auto doen, met de trui van Marlowies in mijn neus en vooral met haar armen als een touw om me heen? Naast ons staan mijn ouders en mijn zus, Michiel (haar vriendje), Martijn, Senne en bijna alle buren. Ze kijken toe hoe ik afscheid neem van mijn allerbeste vrienden. Daarnet begonnen ze zakdoekjes door te geven. Pleun Staveros snoot zelfs in een vaatdoek. Waar die ineens vandaan kwam?

Ik heb ook al mijn leeftijdsgenoten uit de straat al fijngeknepen en gezoend. Ik heb zelfs aan het haar van Siel gesnoven, want het haar van dat kind ruikt altijd *zo* lekker. Ze keek me haast in paniek aan toen ik ermee klaar was, maar wat kan het me schelen! Nooit zal ik het haar van Siel nog ruiken.

Het is immers niet zo dat we drie straten verderop een optrekje hebben gevonden of gewoon in het volgende dorp of zo. Nee, we verhuizen naar de andere kant van het land. En dat voelt precies hetzelfde als 'de andere kant van de wereld'. Echt waar, mijn ouders hebben een huis gekocht dat precies op het randje van de grens staat. Over de tuin wordt zelfs getwijfeld of die niet al in het buitenland ligt. Kun je je dat voorstellen? Als ik straks de kippen ga voeren, ben ik iedere keer op vakantie! En ik hou niet van vakantie! Ja, wel, ik hou er wel van, maar dan met al mijn vriendinnen en vrienden en de hele familie. Ik kan namelijk niet tegen afscheid nemen. Daar word ik huilerig van. Toen Zus naar Nederland vertrok omdat ze er zo nodig op toneelles wilde, heb ik de huid van mijn wangen gejankt. Nooit zal ik het vergeten. De dagen erna was het flink koud, met zo'n wind die in je oren bijt. Nu, die wind vrat in de huilwonden (die had ik *echt!*) onder mijn ogen, net boven mijn wangen. Dat deed me, iedere keer als ik naar school fietste, aan mijn zusje denken, terwijl ik het eigenlijk niet eens wilde. Dat was een enge tijd!

Geloof me, dit is nog enger, want mijn zus kwam wel gewoon terug. Wij straks niet. Nooit meer!

'Het komt goed', zegt Marlowies. 'Het is niet ver. We zien elkaar snel.'

Ik wring me los uit haar armen en kijk haar diep in de ogen. Ze heeft er ook tranen zitten. Ik kan het zien. Ze mag zich nog zo sterk willen houden. 'Huil maar, Wies', zeg ik. 'Doe maar.'

Ze knikt. 'Ja?' zegt ze.

'Ja!'

Ze aait mijn wang en dan doet ze wat ik zeg. Echt, ze huilt niet eens stilletjes of zo. Nee, ze huilt met het geluid van een klein kind dat gevallen is. En niet een klein beetje gevallen, hoor, maar echt gemeen hard op de knie en dat er dan een stukje van de weg in zit. Een seconde, of zelfs iets korter, vind ik het haast gênant hoe Marlowies staat te janken. Maar ach, onze wereld is wel helemaal aan het instorten! Ik kijk over mijn schouder naar mama. Ze huilt ook een beetje. En dan naar papa. Die staat met zijn hoofd naar de grond, als een jonge hond die iets mispeuterd heeft, maar intussen kijkt hij van onder zijn borstelige wenkbrauwen naar ons. Naar Marlowies en mij.

Ik zet een grote stap achteruit en zeg: 'Ik ga niet!'

'Dina', zegt mama.

'Kindje', zegt papa.

'Ik ga NIET!'

'Maak het nou niet nog erger', hoor ik papa achter me zeggen.

Wat? Alsof *ik* iets gedaan heb. Ik bedoel: hoe hij 'nog erger' zegt, lijkt het alsof ik al iets 'gewoon ergs' heb gedaan. Waar slaat anders die *nog* erger op?

Ik draai me om. Ik sta haast tegen papa. 'Nog erger?' piep ik.

'Dina…'

'Ik heb niks gedaan, hoor. Het is jullie idee!'

Nu ja, *jullie*. Ik weet ook wel dat het niet mama's idee was, verhuizen. Het is iets alleen van… *hem*. Ik kan het woord papa al haast niet meer over mijn gedachten krijgen. Laat staan over mijn lippen.

'Het is *zijn* idee', zeg ik tegen mama, maar ook dat is niet helemaal waar. Het is ook iets van haar, natuurlijk. Zij is met hem getrouwd. Ze had hem op andere gedachten moeten brengen.

Van haar kijk ik opnieuw naar papa. Ik open mijn mond, ik wil dingen zeggen. Maar ik sluit hem weer, want het enige wat ik zou willen zeggen is dat ik wou dat hij… niet meer bestond! En zoiets zeg je maar beter niet. Niet tegen je pa. Tegen niemand eigenlijk. Dus kijk ik weer van hem weg.

En dan zie ik Senne bij zijn moeder staan. Mijn Senne. Bijna waren hij en ik een stel. Het scheelde haast niks meer. We spraken steeds meer af na school en na de toneelles. We kusten niet of zo, hoor, maar we stonden inmiddels wel zo dicht bij elkaar dat het alleen nog een kwestie van lippen tuiten was. Dat deden we niet. Dat dicht-bij-elkaar-staan was wel oké. Dat voelde als genoeg.

Hij komt op me af.

'Ik ga je missen', zegt hij.

Ik leg mijn hoofd op zijn schouder. Mijn God, wat heeft hij een schouder! Daar kan mijn hele lichaam op liggen uithuilen. Hij aait mijn rug.

Deus ex machina, zet de tijd stil, alsjeblieft. Zo moet het voor altijd blijven.

Ik hoor mama zeggen dat we moeten gaan.

Sennes greep verslapt. Zijn hand op mijn rug stopt met aaien. Ik til mijn hoofd van zijn schouder en duw met mijn neus tegen zijn wang. Als mijn gezicht bijna van het zijne weg is, pakt hij mijn kin beet. Hij geeft een zoen op mijn mondhoek.

'Ik hou het niet', hoor ik Marlowies achter me zeggen. Ze draait zich om. Zo erg vindt ze het. Ik hoor haar snuiten.

Dan doe ik een laatste rondje: ik zeg dag tegen mijn buren. Tegen de hele straat van de pleintjeskant, zeg maar. Ik wriemel nog een keer in Sennes haar. Ik schud mevrouw Hartman de hand en omhels Martijn. Mijn allerbeste vriend na Senne. Eigenlijk is Martijn al veel langer mijn vriend, maar bij hem heb ik geen kriebels meer. 'Hou je haaks', zegt hij. En een knipoog.

'Zorg voor haar.' Ik wijs naar Marlowies.

'Zal ik doen', stamelt hij. Om het te bewijzen gaat hij alvast naast haar staan en legt wat onbeholpen zijn arm rond haar.

'Laat dat, man', zegt ze. Ze plooit de arm terug tot tegen zijn eigen lichaam.

'Kom', zegt mama. Ze opent het portier van onze auto. Ik stap in. Mama gooit de deur dicht. Zus zit al in de auto. Haar hoofd is knalrood. Ook van het huilen.

'Een jaar', heeft ze gezegd. 'Een jaar en dan kom ik zelf terug naar hier.' Zij heeft het maar makkelijk. Dat heeft ze altijd al gehad als oudste zus natuurlijk. Het begon al met dat tekenen op de muren. Ik deed het één keer en werd bijna aan de voordeur gezet. Zus kan al na een jaartje op zichzelf gaan wonen, daar heeft ze de leeftijd voor. Als ze het echt wil, kan ze het nu al.

Ik kan nog jaren wegrotten in dat gat op de grens, tot niemand van hier zich mij nog herinnert.

Ik zie mama nog wat buurvrouwen de hand schudden. Papa staat als een trekpop zonder touwtje achter haar. Het lijkt of iedereen boos is op hem en dat hij dat goed genoeg weet. Bijna heb ik medelijden met hem, maar ik verban dat gevoel en die gedachte uit mijn hoofd. Voorgoed.

Dan stappen ook zij in de auto. Ik sluit mijn ogen. We starten. We rijden achteruit. Ik hoor hoe er op het raam wordt getikt. Ik hoor mijn naam noemen. Het is Marlowies. Ik weet gewoon dat ze een heel eind met de auto meeloopt, maar ik hou mijn ogen dicht. We rijden sneller. We zijn de straat uit, de kerk voorbij, het dorp uit. Mijn ogen gaan pas open als we al een uurtje op de snelweg rijden.

2.

Ineens gaat mijn mobieltje.

Ik heb namelijk een mobieltje gekregen. Eerst moest ik er een jaar lang elke dag naar vragen en ineens was het er. Een zilverkleurige Nokia met een klappertje en voor een halfjaar lang gratis belwaarde. 'Voor als je je vriendinnen wilt horen', had mama gezegd.

'Om me te sussen zeker', zei ik. Mama keek me aan... ik weet niet, het liefst van alles had ze me een klap gegeven, maar mama heeft me nog nooit een klap gegeven, dus ook niet bij een zilverkleurig mobieltje met belwaarde.

Ze wist natuurlijk dat ik gelijk had. Ik kan je niet vertellen hoe verscheurd ik me voelde toen mijn ouders me twee maanden geleden vertelden dat we zouden verkassen. Het sprak voor zich dat ze me zouden paaien met prullen.

Eerst dacht ik dat het allemaal een grap was. Mijn ouders kunnen dat, moet je weten. Ze zijn echt wel van het grappige soort nu en dan. Dus het had gekund, dat ze ineens een wel erg fout geintje wilden uithalen. 'Hé, Dina. We verhuizen half juli.' Lachen!

Maar het was geen grap. Mijn zus verzekerde het me. Niet dat ze iets zei, maar haar gezicht stond ernaar. Toen ik naar haar keek, om te checken of het wel of niet een grap was, sloot ze kort haar ogen, zuchtte diep en maakte van haar mond een streep van wang tot wang. 'Er is niks meer aan te doen', wilde dat zeggen.

Het mobieltje heb ik wekenlang gewoon op de kast laten liggen. Als ik het aannam, zou dat betekenen dat ik met de verhuizing instemde. Het aanmoedigde zelfs! 'Neem die telefoon gewoon aan', zei Marlowies. 'We kunnen elkaar bellen en berichten sturen. Gaaf!' Marlowies heeft al langer een mobieltje. Ze kreeg het toen ze voor het eerst ongesteld werd. Mobiele telefoons horen gewoon bij belangrijke dingen die gebeuren.

Mama kijkt achterom als ik mijn telefoon openklap.

'Marlowies?' vraagt ze.

'Nee, Brad Pitt', zeg ik.

Zus kijkt me schuin aan, met een monkellachje. Ze vertikt het om hardop te lachen, want vandaag en alle dagen die nog volgen moeten volstrekt somber zijn. Dat hebben we stilzwijgend afgesproken.

'Wat zegt hij?' vraagt mama.

'Dat is privé', hap ik.

'Oké dan.' Mama kijkt weer naar de weg. Haar wang beweegt, alsof ze de hele tijd op iets zit te kauwen. Op mij, bijvoorbeeld.

Hé Dina, staat er.

Ik kan het niet laten om al iets te sturen.

Ik mis je nu al.

Hoe moet dat nu?

X'jes, Marlo.

Ik klap mijn telefoon weer dicht, want ik weet ook niet hoe het moet.

3.

De rit duurt eindeloos.

Ik krijg nog vier berichten. *Ik mis je zo.* En *Ben je er al?* En *Martijn doet vervelend.* En *Waarom stuur je niks terug?*

Ik heb geen zin om iets terug te sturen. Ja, ik heb zin om de auto terug te sturen, dat wel. Maar het maakt niet uit waar ik zin in heb. Na drie uur rijden en een halfuur plaspauze parkeert papa onomkeerbaar de auto voor ons nieuwe huis.

Het is een huis in een nieuwe woonwijk. Sommige huizen zijn nog niet eens klaar en lijken gigantische houten karkassen die uit de lucht zijn komen vallen. Ons huis is een karkas met een huid van lichtgele stenen eromheen. Maar een hart zit er nog niet in. Ik bedoel: het klopt voor geen meter. Als we uitgestapt zijn, staan we er met zijn vieren naar te kijken. Niemand die wat zegt. Ik zie vanuit mijn ooghoeken mama naar de lap grond rond het huis kijken waar nog geen grasspriet te bespeuren valt. Wel heel veel onkruid en pisbloemen en lange, grauwe stengels met gelige bloemen die niet zouden misstaan in de Far West. Het stuk tuin aan de zijkant van het huis heeft niks dan kuilen en heuvels. Je zou zweren dat deze plek ooit een oefenterrein was voor dolgedraaide graafwerkers. Tegen de gevel prijken mansho-ge reclameborden van de aannemer, de elektricien en het bedrijf dat ons huis van een dak heeft voorzien. Het pad van de stoep naar de voordeur is een rijtje houten planken zodat we niet met onze schoenen tussen het zand en de rioleringspijp blijven steken, want het pad is nog niet eens dichtgegooid. Laat staan dat er mooie kiezeltjes of klinkers zouden liggen.

'Prachtig', zeg ik. Het is eruit voor ik het weet.

'Het wordt prachtig', zegt papa. Hij loopt als eerste over de houten planken, die kreunen en verschuiven bij elke stap die hij zet. Uit zijn broekzak diept hij de huissleutel op. Niemand van ons volgt hem. Alsof we eerst willen kijken of die levende brug wel veilig genoeg is. 'Komen jullie?' vraagt hij over zijn schouder.

'En of we dat doen', zegt mama. Met vastberaden tred trotseert ze de planken. Mijn zus en ik volgen met hangende schouders. En dan, bij de voordeur, doen ze echt belachelijk officieel, mama en papa.

'Jij of ik?' vraagt papa. Hij laat haar de sleutel zien. Mama forceert een glimlach die ze heeft gezien in een of andere finale van een quiz. Ik fantaseer dat we het huis bijna hebben gewonnen. Als de sleutel past, is het ding van ons.

En de sleutel past. Op de klik kijkt papa naar mama. Ze glimlachen naar elkaar. Ik denk: nu dwarrelen er gekleurde papiersnippers uit de lucht en in de gang wordt de champagne ontkurkt. Mijn gedachten zijn nog niet klaar of er knalt werkelijk iets in de lucht. Het is geen champagne, maar een donderslag van zal ik je daar hebben! En dan begint het te stortregenen. Mama duwt ons de gang in. 'God laat ons meteen zien waarvoor een huis zoal dient', zegt ze.

'Het is een voorteken', zeg ik. En ik schrik zelf van de griezelige toon waarop. Mijn mobieltje piept. Marlowies natuurlijk.

Niet dat ik je er nu mee wil lastigvallen, Dien. Maar ik denk dat ik het uitmaak met Martijn, staat er.

Zie je wel?

4.

We laden de laatste spullen uit de kofferbak van onze auto. Het zijn bananendozen gevuld met de dingen die we tot het laatste moment nodig hadden in ons oude huis in het Bietenveld. Potten en pannen, de dvd-speler, glazen, kopjes en bestek, badkamerspullen, enkele schemerlampjes, eten en drinken, kleren die in de was moeten en rotzooi die mee verhuist alsof hij toch belangrijk is. De meeste meubels zijn in het begin van deze week al overgebracht. Ze staan nog niet op de juiste plek, want de muren moeten nog geverfd. Ik kan me niet voorstellen dat er in dit huis zoiets bestaat als een juiste plek. Niet voor de meubels en niet voor ons. Alles staat in het midden van de woonkamer alsof het daar een eiland is. De ruimte eromheen is woest water met woeste vissen erin. Zelfs wij, mijn zus en ik en mijn moeder (papa is inmiddels de tuin, het putten- en kuilenveld, aan het inspecteren) lijken niet van dat eiland af te durven. We zitten al minstens een kwartier om ons heen te kijken als aangespoelde potvissen. Als niemand ons terug in het water gooit, gaan we dood. Nou goed dan, denk ik. Dan gaat mijn mobieltje.

'Daar heb je Brad weer', zegt mama.

Het is Senne. Stukken beter!

Toen ik mijn telefoon aanvaard had, heb ik hem maar meteen mijn nummer gegeven. 'Alleen in uiterste noodzaak, meneertje', zei ik. In de hoop dat hij om de haverklap zou sms'en natuurlijk. En geloof me, dat doet hij!

Heb je 't een beetje naar je zin? stuurt hij. En *x'jes. Senne.*

Ik stuur terug: *Ja, het is hier vet gaaf!* Maar ik zet er zo'n icoontje met een baalhoofd achter. *Natuurlijk heb ik het totaal NIET naar mijn zin,* schrijf ik er nog bij, want mobieltjes die nog uit de oertijd stammen, kunnen zo'n icoontje niet ontvangen en straks denkt Senne nog dat ik het écht naar mijn zin heb. Verzenden. Zoef, het is weg.

Bijna onmiddellijk krijg ik een sms terug, maar dan van Marlowies: *Nou, leuk! Mij negeer je, maar Senne krijgt wel meteen een antwoordje terug.*

Ik denk: hè? Hoe weet zij dat... zijn die twee dan in elkaars buurt? Waarom? En Martijn dan? Pikt Marlo mijn Senne al in als ik nog maar enkele uren weg ben?

Ben jij in Sennes buurt dan? stuur ik. Ik zet er een knipoogje achter, want ze moet niet denken dat ik jaloers ben of zo.

Meteen krijg ik een antwoord terug. Marlowies is echt supersnel met dat ding.

We zijn na het afscheid nog een milkshake gaan drinken en zitten nu op het muurtje bij het basketbalplein. X!

Mama blaast. 'Je gaat toch niet de hele dag op dat ding zitten tokkelen?' vraagt ze.

'Nee, maar...' zeg ik, maar ik zit alweer te tikken: *En intussen maak je 't snel even uit met Martijn? Hoe kan dat nou?* Hup, verzenden.

'Je kijkt gestoord bij het sms'en', zegt Zus.

'Jij altijd', hap ik. En weer trilt de telefoon in mijn broekzak.

Dat wilde ik je al vertellen, stuurt Marlowies. *Maar je reageerde niet. Martijn deed echt superstom omdat ik met Senne zat te praten. Hij liep weg. Dus dacht ik dat het uit was. Ondertussen is het weer goed, hij stuurde een sms'je met sorry erin. Zo lief! Kus, Marlo.*

'Mama,' zeg ik, 'ik wil hier weg!' Ik spring van de bank af, het water in. Maar ik zink niet, natuurlijk, want onder mijn voeten liggen de verschrikkelijke tegels (ze hebben een roze glans!) van dit verschrikkelijke huis.

'Kindje', zegt mama. Ze wil me bij zich trekken, maar ik zet een flinke stap achteruit.

'Alles gebeurt *daar!*' roep ik. Ik wijs door het raam. Daar ligt buiten, dus ook *mijn* dorp driehonderd miljoen kilometer verderop. 'Ik word gek hier!'

'Maar we zijn hier nog maar pas', sust mama.

'Dus kan ik alleen maar nog gekker worden', zeg ik.

'Je moet gewoon wennen', zegt mama.

'Mama, hier wen ik nooit!' Ik hou mijn open handen naast mijn hoofd, alsof ik een weegschaal imiteer, en kijk demonstratief de kamer rond. 'Waarom moesten we verhuizen?' piep ik. Ik begin te huilen. Echt, ik voel me zo ellendig.

'Je weet waarom, kindje', zegt mama. Ze trekt aan mijn trui en drukt me dicht tegen zich aan. Dan horen we het slot van de achterdeur. Papa vloekt. In de deuropening naar de keuken staat hij op zijn knieën te slaan. Zijn trui zit onder de modder.

'Wat is er met jou gebeurd?' vraagt mama.

'Ik ben in zo'n kuil gevallen', zegt papa. Hij wijst achter zich, naar de tuin.

Mama schiet in de lach. Ze tikt tegen mijn schouder, om haar lach aan mij door te geven.

Maar ik kan het niet. Hier vind ik niks grappigs aan.

Op de tv zag ik eens een documentaire over een jongen die niet kon lachen. Eerst dachten ze dat hij gewoon een somber kind was. Die heb je. Maar het lukte hem helemaal niet, lachen. Het was iets wat zijn gezicht niet kon. Hij werd ermee geboren. Hij was de enige jongen van de hele wereld die alleen maar somber kon kijken. Hij had er al mee in kranten gestaan en televisiezenders van over de hele wereld kwamen hem filmen. Wel, laat de pers maar hierheen komen, want nu is er ook zo'n meisje.

5.

Je zult je onderhand wel afvragen waarom we dan ineens zijn verhuisd, als niemand van ons het een waanzinnig goed idee vindt. Zelfs mama en papa niet, hoor. Ze mogen nog zo hun best doen om de schijn op te houden.

We zijn verhuisd voor papa. Ik leg even uit waarom.

Papa is altijd een hoge piet op de zaak geweest, maar een jaar geleden werd er van alles gereorganiseerd en plots moest hij weer in de machinekamer aan de slag, waar hij ooit begonnen was. Voor een hoop minder geld moest hij ineens veel harder werken, maar het was beter dan werkloos zijn, vond hij. Dus stemde hij maar met de situatie in. Voor een poosje vond hij het zelfs best, want hij had naast minder loon ineens ook veel minder stress. Er ging zelfs weer haar op zijn kop groeien waar dat eerst door de druk op het werk was uitgevallen. Bovendien vond mama hem sexy in zijn overall. Vol smeer en onder de olievlekken kwam hij thuis en mama werd daar helemaal wiebelig van. Begrijp je nou zoiets? Volwassenen zijn gewoon geschift. Ze mepte hem voortdurend op de kont of kneep in zijn billen. Terwijl hij zat te eten zoende ze zijn nek of masseerde zijn schouders. Ze gaf hem troetelnaampjes die je zelfs niet aan een dwergkonijn geeft vanwege volstrekt belachelijk. Zus en ik vonden het echt gênant, maar we zagen wel dat papa het fijn vond. En eigenlijk was het, naast gestoord, best schattig dat onze ouders zo dolverliefd deden.

Toch kreeg papa het op den duur steeds moeilijker met de nieuwe situatie. Niet met hoe mama deed, hoor, maar wel met het feit dat hij van alles moest repareren en elke dag onder de vlekken zat, terwijl hij vroeger toch maar mooi een directeur was die belangrijke beslissingen mocht nemen. Hij zag er met de dag somberder uit. Zelfs toen mama hem 'schattig krentenbollenboefje' noemde, kon er geen glimlach af. Uiteindelijk had hij geen zin meer in mama's lekkere maaltijden en zat hij met zijn bestek suf in zijn bord te prakken en de hele tijd naar één punt te staren. Mama werd er gek van. Ze vroeg voortdurend wat er toch scheelde. Even dacht ze zelfs dat hij van iemand anders hield. Echt maf! Ineens kwam het eruit. Hij voelde zich mislukt. Dat vonden we allemaal zo erg! Wij vonden hem juist heel erg gelukt. Eindelijk was hij elke dag lekker vroeg thuis en kon hij veel meer dingen met ons doen. Hij knapte klusjes op waar hij nooit tijd voor had gehad en mama had veel minder was en strijk te doen omdat hij de hele tijd in zijn overall mocht rondlopen. Iedereen werd er beter van. Zelfs zijn haar groeide weer. Daardoor ging hij er zelfs weer jonger uitzien. Mijn moeder nog verliefder!

'Mislukt?' vroeg mama.

Papa begon honderduit te klagen. Dat hij zich steeds slechter was gaan voelen vanaf het moment dat ze de grote auto hadden moeten inruilen voor een kleinere en dat het nog beroerder werd toen ze de extra auto van mama verkochten omdat die, hoe klein die ook was, wel extra kosten met zich meebracht. En hij wilde weer gaan golfen, zoals vroeger, want petanque vond hij eigenlijk maar niks. Hij zei dat hij er ook achter was gekomen dat hij toch liever nette pakken met een das droeg. Ook al zeurde hij daar vroeger over. En, dat was het allerergste natuurlijk, hij schaamde zich. Hij had erg veel respect voor mensen die dit soort werk elke dag moeten doen, daar niet van, maar hij had toch diploma's waar hij hard voor gestudeerd had en die nu ineens geen zin meer leken te hebben.

Papa ging ander werk zoeken. Het was eigenlijk het idee van mama, want papa was hondstrouw aan zijn bedrijf, waar hij al meer dan twintig jaar werkte. Dus hij bleef twijfelen. 'Twintig jaar,' zei hij, 'dat veeg je niet zomaar in één keer weg.'

'Dat hebben zij anders wel met jou gedaan', argumenteerde mama koel. Ik denk dat het eruit was voor ze het goed besefte, want je zag dat ze het nog wilde terughappen en ze legde wat vingers voor haar mond.

Dat vond papa erg. Niet dat zij dat had gezegd. Hij vond het erg dat het waar was en dat hij dat nu pas begreep.

Papa stortte zich op het internet alsof zijn leven ervan afhing. Hij deed een half miljoen telefoontjes en schreef het dubbele aantal brieven! Overal vonden ze hem te oud of waren ze bang dat hij te veel zou kosten met zijn ervaring of was het te dit of te dat. Hij werd er moedeloos van. Toen heb ik papa voor het eerst zien huilen. Ik zweer het je, er is niks zo verscheurend om te zien. Ken je dat oude liedje, 'Een vriend zien huilen kan ik niet?' Nou ja, mama zingt het weleens. Het is onzin. Je *vader* zien huilen is veel en veel erger!

Toen was er dat ene bedrijf dat liet weten dat hij de man voor hen was. Ineens stond het zwart op wit in een e-mail en toen kwam er ook nog een geschreven brief waarin het klaar en duidelijk te lezen stond: 'U bent onze man!' Er stond zelfs zo'n kerel met een hoge hoed bij getekend die vanaf het blad naar papa wees. 'U!'

Mijn vader straalde!

Hij voelde zich weer gelukt.

Toen kwam er een hele tijd van gesprekken voeren en papa moest, ondanks zijn ervaring, toch nog een opleiding gaan volgen aan de andere kant van het land, maar dat vond hij niet erg, want ze hadden hem uitgelegd dat zijn uiteindelijke werkplek vlak bij de deur zou zijn. Ja, natuurlijk, als wij die deur een kleine driehonderd kilometer naar het oosten verplaatsten!

Voor we het wisten hing er 'Te koop' tegen onze gevel. Eerst probeerden Zus en ik onze ouders nog op andere gedachten te brengen, maar niks hielp. Zelfs de vier uur durende zitstaking, *op* de eettafel, had geen succes. 'Dan loop ik weg!' schreeuwde ik op een dag. Toen stopte papa doodleuk de wegenkaart in mijn handen en wees welke richting ik uit moest en hij vroeg of ik een doos met spullen op mijn rug wilde binden, als ik toch al die kant op ging. Die reactie was best gemeen, maar tegelijk zo definitief dat Zus en ik ophielden met actie voeren.

6.

Gelukkig heb ik van al mijn vrienden er eentje meegenomen. Mijn dagboek.

Lief dagboek,

Vandaag zijn we verhuisd. Het huis ziet er nog somberder uit dan ik had verwacht. De omgeving is nog saaier dan donkergrijze sokken. Niks dan spiksplinternieuwe huizen die er, behalve het huisnummer, allemaal hetzelfde uitzien. De helft ervan is nog niet eens klaar en, ik weet het niet, maar mij lijkt het alsof ze nooit klaar zullen raken, want je ziet hier geen mens. Net een spookdorp. Misschien zijn alle bewoners gevlucht voor een epidemie of een monster met enorme tentakels. Papa heeft zich natuurlijk laten oplichten door gehaaide mannen van die mysterieuze firma. Misschien wordt hij daar elke dag een beetje meer gehersenspoeld of zuigen ze met een machine zijn ziel uit zijn lichaam (dat heb ik een keer gezien in een film) en hebben we binnenkort, zonder het te weten, een op moord getraind lichaam in onze bank zitten dat er alleen maar uitziet als hij. (Dina, hou op of je droomt er nog van!)

Papa en mama zijn begonnen met de meubels een beetje aan de kant te zetten, ook al moet de schilder nog komen, maar ze willen het alvast een beetje gezellig maken. Nou, dit huis krijg je gewoon nooit gezellig. Het heeft de sfeer van een kerstboom zonder naalden die al een poosje op de composthoop ligt te vergaan.

Het ergste is natuurlijk dat ik definitief afscheid heb genomen van al mijn vrienden. Mama zegt de hele tijd dat ik ze niet kwijt ben en dat is misschien wel zo, maar toch, ik kan je vertellen dat ik niet het gevoel heb dat onze vriendschap een enorme boost heeft gekregen. Gelukkig heb ik mijn mobieltje. Om de haverklap piept het ding. Mama krijgt er een punthoofd van. Net goed! Zolang ik nog sms'jes krijg van Marlo, Senne en Martijn ben ik nog niet helemaal doodongelukkig.

Mama zegt dat ik de buurt maar eens moet gaan verkennen. Wat valt er te verkennen? In één oogopslag heb je door dat er nul komma niks te beleven valt. Alsof ik daar trouwens zin in heb. Ik blijf gewoon binnen. Misschien voor de rest van mijn leven. Ik zal wel les volgen op de computer. Ik heb een keer gelezen dat zoiets perfect kan.

X, je Dina

7.

Lief dagboek,

Vandaag ben ik de hele dag binnen gebleven. Ik heb geprobeerd om mijn kamer een beetje in te richten, maar het lukte niet echt omdat ik nog geen posters en foto's tegen de muren mag hangen zolang die niet geverfd zijn. Hoe kun je nou een kamer een beetje leuk inrichten als je niks tegen de muren mag hangen?

Kussie, D

8.

Dagboekje van me,

Tweede dag binnenshuis! Ik heb een boek van 143 pagina's uit-gelezen. Het ging over een meisje op een onbewoond eiland dat zich zo erg verveelt dat ze een heleboel vrienden fantaseert met wie ze dan allerlei avonturen beleeft. Misschien moet ik dat ook gaan doen.

O ja, twaalf berichtjes van Marlo gekregen. Twee van Martijn en zes (!) van Senne. Ze missen me natuurlijk allemaal super-erg!

Leuk: morgen hebben we internet en dan kan ik chatten met hen. Marlo krijgt een webcam. Mijn pc heeft die al, dus kunnen we naar elkaar kijken en zo. Dan lijkt het alsof we tegenover el-kaar zitten. Super, toch!

Kus, Dina

9.

De man die internet komt installeren is een leuke knul. Hij heeft al vier koppen koffie gedronken en een suikerkoek gegeten. Zus zit de hele tijd naar hem te kijken, maar Knul heeft dat niet door omdat hij het grootste deel van de tijd het toetsenbord van een laptop zit te kriebelen of belt met collega's die iets niet begrijpen wat hij blijkbaar wel onder de knie heeft. Bovendien vraag ik om de anderhalve minuut of we nu eindelijk kunnen internetten. Waarop hij mij het laatste halfuur compleet negeert. Mama heeft de internetknul een glas limonade ingeschonken en hem op het hart gedrukt dat ik normaal gezien in een hondenhok zit, maar dat dat in de verhuizing is gebleven. Knul lachen. Ik boos.

'Ga eens naar buiten', zegt mama. En dan tegen de internetkerel: 'Al drie dagen zit dat kind in huis. Binnenkort heeft ze geen kleur meer.' Maar hij zucht alleen.

'Maak kennis met de buurt', zegt mama tegen me. 'Maak vrienden.' Terwijl ze het zegt, waait ze met haar beide handen voor haar rok, alsof ze losgebroken kippen terug in hun hok jaagt.

Dus zit ik nu op mijn kamer. Mijn hok. Ik tuur door het raam naar de overburen. Ik zie hen voor het eerst. Het is een gezin met drie kinderen, allemaal een halve eeuw jonger dan ik. 'Maak vrienden', hoor ik mama in mijn achterhoofd zeggen. Ten eerste: ik heb al vrienden. Waarom zou ik andere maken? Ten tweede: hier wonen alleen baby's.

Alsof de buurt wil demonstreren wat ik denk, is er plots beweging bij de buren schuin tegenover ons huis. Ik zie een man met een grasmaaier uit de garage komen. Achter hem lopen twee meisjes. Het is zonder enige twijfel een tweeling, want het is alsof ik dubbelzie. Hun staarten zijn precies even lang. Hun brillen zijn precies hetzelfde (van de sterkte van hun glazen weet ik het natuurlijk niet) en de ene is geen halve centimeter groter of kleiner dan de andere. Bovendien dragen ze exact dezelfde kleren en als ik me niet vergis, zijn hun bewegingen zogoed als simultaan. Ik bedoel: het is echt griezelig! De tweeling is duidelijk jonger dan ik, maar het zou qua leeftijd misschien nog kunnen om met hen iets te gaan doen, *als* ik daar al zin in zou hebben. Bovendien is zo'n tweeling al met zijn tweeën. Dus waarom zouden ze mij erbij nemen? Trouwens, vriendschap sluiten met iemand die een tweelingzus heeft, betekent meteen ook die andere helft erbij nemen. Willen of niet. Die hangen aan elkaar als klei. En stel dat ze uiteindelijk tegenvallen. Dan moet je er twee de bons geven. Dat lijkt me veel te ingewikkeld. En al zeker na een vermoeiende verhuizing.

Ik denk: waarom komt ineens iedereen naar buiten? Want in de voortuin van drie huizen verderop is er ook plots beweging. Maar het is natuurlijk de eerste keer dat ik echt naar buiten zit te kijken. Misschien is het hier elke dag een volksfeest en merk ik dat nu pas. In die voortuin zitten een vader en een moeder op een matje. Het zijn Marokkanen of Turken of Afghanen. Dat zie ik niet van hieruit. Ze hebben van die lange gewaden aan en ik snap dat ze aan het bidden zijn. Een poosje zit ik te wachten tot ik kinderen zie verschijnen, maar het gebeurt niet.

Even later vliegen de dame en de meneer op hun matje weg. Echt waar! Ze vliegen rakelings voorbij de tweeling. Waardoor er eentje valt en een seconde later de tweede. Het scheelt geen haar of de vader maait hun staarten. De drie baby's van hiertegenover zien het gebeuren en gieren het uit van de pret, maar het monster met de tentakels graait ze alle drie tegelijk uit de voortuin en rent ermee weg.

Een poosje later word ik wakker en denk: hebben we al internet?

10.

We hebben internet.

Zus zit voor de computer. Ze giert het uit van het lachen, want haar Michiel doet een dansje voor zijn webcam. Ze duwt me weg als ik over haar schouder sta mee te kijken. 'Privé, zus', zegt ze.

'Dit is de woonkamer, Zus', zeg ik. 'Moet ik mezelf onzichtbaar maken of zo?'

'Als je dat zou willen', zegt zij.

Michiel wijst naar het scherm. Hij ziet natuurlijk dat ik mijn tong uitsteek naar Zus.

Mijn mobiel piept. Marlowies wil weten wanneer ik eindelijk online ben.

'Wanneer is het mijn beurt?' vraag ik aan Zus. Ze zit als een dolgedraaide op het toetsenbord te tikken.

'Zus!'

'Jaha!'

'Wanneer mag ik?'

'Niet nu, Dina.'

'Maar ik wil ook', zeg ik. Ik stamp met mijn voeten, maar dat ziet ze natuurlijk niet.

'Jullie gaan geen ruzie maken over dat internet', hoor ik mama vanuit de keuken roepen. 'Anders flikker ik die kabels zo weer uit de muur, hoor.'

'Marlowies wil met me chatten', zeg ik.

'Marlowies kan even wachten', zegt Zus.

'Mooi niet!'

'Mooi wel. Ik heb Michiel al drie dagen niet meer gezien', zegt Zus.

'Nou, ik toevallig Marlo ook al zo lang niet.'

'Nou,' zegt Zus – ze doet mijn 'nou' supertruttig na – 'Michiel is toevallig mijn vriendje.'

'En dan?'

'Dat is heus iets helemaal anders.'

Ik sta te briesen als een stier, maar Zus zit weer te tikken alsof ze om de een of andere reden denkt dat ze die toetsen *door* het toetsenbord moet rammen.

'Wat is daar nou anders aan?'

Zus kijkt met een opgetrokken wenkbrauw over haar schouder. 'Liefde betekent veel meer dan vriendschap.'

'Niet!'

'Wel!' Zus buigt zich weer over de computer. Terwijl ze een tekst intikt zegt ze: 'Jouw Marlowies heeft nog tien andere vrienden, maar mijn Michiel heeft maar één geliefde. Dat is dus echt wel iets heel anders.'

'Hè?' Ik denk: meent ze dat?

Michiel gooit kushandjes naar Zus. Zij houdt het hartje aan de hanger rond haar nek vlak voor de webcam en dan plooit ze haar armen rond haar eigen middel. Hij gooit er nog een zoen achteraan.

Ik denk: klaar?

'Ga nou we-eg', zeurt Zus.

'Weet je', zeg ik. 'Nu heeft jouw Michiel misschien maar één geliefde, maar aan alleen zo'n webcamliefje met een scherm ertussen, hebben kerels niet genoeg, hoor.' En dan probeer ik, net zoals ik mama een keer zag doen, mijn woorden terug te happen. Dat is mooi te laat, natuurlijk.

Zus kijkt geschrokken achterom. Mama staat me vanuit de keuken versteend aan te kijken. Ze heeft een vaatdoek en een pan vast.

Zus begint te huilen. Ik zie vanuit mijn ooghoeken hoe Michiel verbaasd naar het scherm zit te kijken.

'Jij bent zo gemeen!' roept Zus.

Mama komt vlak bij me staan. Ik denk: ze gaat me slaan met die pan. 'En nu ga je naar buiten', zegt ze doodkalm, maar haar mondhoek trilt en dat is nooit goed.

'Dat was ik net van plan', mompel ik.

'Kom pas terug als je er klaar voor bent!' roept mama nog. Dan sla ik de deur hard achter me dicht.

Ik ga op het voetpad voor het huis zitten en bel naar Marlowies.

'Hoi Marlo.'
    'Hé, Dina! Kom je online?'
'Nee, mijn zus chat met Michiel.'
'Jammer. Ik zat al een hele tijd te wachten.'
'Nou, sorry, maar…'
'En Martijn ook.'
'Echt?'
'En Senne natuurlijk. Het is zo gaaf dat je met een heleboel mensen tegelijk kunt praten op het internet.'
'Senne ook?'
'Ja. Super, niet?'
'Niet.'
'Wat is er?'
'Wat er is? Iedereen is online en ik niet. Geloof me, Marlowies, ik ben voorgoed van jullie afgesneden.'
'Maar nee, Dina…'
'Wel. Mijn zus heeft zich nu al de computer toegeëigend en geen mens die er iets van zal zeggen, want zij vormt wel een stel met Michiel en wij niet. Dus zij heeft voorrang. Zo is het, Marlo. Liefde is belangrijker dan vriendschap.'
'Meen je dat, Dina?'
'Nee, ik niet, maar Zus wel. Ze zei dat jij nog tien andere vrienden hebt en haar Michiel maar één geliefde.'
'Dat is misschien wel zo, Dina…'
'Zie je wel!'
'Maar, laat me uitspreken. Je zus heeft gelijk. Ik heb nog andere vrienden, maar jij bent mijn allerbeste vriendin. Jij bent echt mijn allerliefste maatje!'
'Echt?'

'Echt.'

'Ik zei tegen Zus dat haar Michiel niet voor altijd genoeg zal hebben aan een vriendin met wie hij alleen maar kan chatten en zoentjes gooien. Dat kerels zo niet zijn.'

'Hé hé, zei je dat?'

'Ja.'

'Nou, dat is ook wel zo. Jongens willen echte zoenen!'

…

'Dina?'

'Wil jij dan ook niet liever een echte vriendin in plaats van eentje met een scherm of een telefoon ertussen?'

'Maar…'

'Je gaat me vergeten, Marlo.'

'Nee, Dina!'

'En Senne ook. Ik mis jullie zo.'

'Dina, wat ik nu ga zeggen zul je raar vinden. Je begrijpt het misschien niet. Tenminste, nog niet.'

'Wat?'

'Je moet er daar het beste van proberen te maken.'

'Hou op.'

'Nee, echt. Als je alleen maar aan ons en hier loopt te denken geef je het daar geen kans.'

'Je bedoelt dat ik andere vrienden moet gaan zoeken?'

'Een beetje wel. Andere vrienden en meer. Een mens mag best een heleboel vrienden hebben.'

'Vind ik veel te vermoeiend, Marlo.'

'Maar je mag er wel maar eentje hebben die je allerbeste vriendin is. Goed?'

'Ik weet niet…'

'Je mag niet ongelukkig blijven, Dina.'

'Jij bent het ook niet meer, hè?'

'Hoe bedoel je?'

'Je hebt mijn vertrek allang verwerkt. Dat hoor ik gewoon. *Dat* bedoel ik.'

'Wil je dan dat ik voor altijd verdrietig blijf?'

'Ja…'

'Dat je zoiets wilt wensen voor je beste vriendin!'

'Nee-hee! Maar wel nog heel eventjes. Een paar maandjes of zo.'

'Probeer het nou, Dien.'

'Wat?'

'Om bijna-beste-vriendinnen te maken.'

'Goed.'

11.

Dan slenter ik wat door de nieuwe straat.

De man van schuin tegenover ons knipt de haag voor zijn huis. Hij doet het heel wild. Met een grote, gevaarlijk uitziende schaar hapt hij er takken en blaadjes uit. Als ik bijna tegen hem sta en hij haast een lok uit mijn haar heeft geknipt, ziet hij me. Hij zweet als een otter.

'Hoi', zeg ik.

'Hallo', zegt hij. Hij pakt een zakdoek uit zijn broekzak en wrijft er het zweet mee uit zijn nek.

'Warm, hè', zeg ik.

'Heet, zul je bedoelen.'

'Ik ben Dina.' Ik steek mijn hand naar hem uit, maar dat is natuurlijk volstrekt belachelijk, want in zijn ene hand heeft hij de schaar en in de andere nog steeds zijn zweetdoek.

Ik vouw mijn handen dan maar in elkaar op mijn rug. Hij moet erom lachen.

'En ik ben Ferdinand.'

'Dag Ferdinand.'

'Jij bent het meisje van de nieuwe bewoners?' vraagt hij. Hij wijst met zijn kin in de richting van het huis. Bijna had ik *ons* huis gedacht.

'Klopt. Ik heb ook nog een zus.'

'Kijk eens aan', zegt Ferdinand. Ik zie dat hij liever verder zou willen snoeien, dat hij 'donder nou maar op' staat te denken. Toch zegt hij: 'Ik heb ook twee dochters.' Ik zie hem vluchtig naar zijn tuin kijken, om te checken of die twee dochters daar toevallig zijn.

'Een tweeling, niet?' vraag ik.

'Ja, ze zijn even oud', zegt hij. En dan lacht hij alsof hij een geweldige grap heeft verteld. Als hij helemaal uitgelachen is en ziet dat ik het niet zo lollig vind, zegt hij: 'Wacht, ik haal hen even.'

'Nee…' probeer ik nog, maar Ferdinand legt de schaar in het groen dat op het voetpad is gevallen en loopt de voortuin in. 'Sien! Mien!' roept hij.

Ik denk: oh, nee. Die hou ik nooit uit elkaar. Laat een van hen een beugel dragen of een glazen oog of zo. Ik bedoel: echt iets opvallends. Een haak in plaats van een hand!

Maar nee hoor. Sien en Mien komen mijn richting uit en, geloof me, ik heb niet het gevoel dat ze met zijn tweeën zijn. 'Hoi, Dina!' roepen ze. Het klinkt alsof ze me al een eeuw kennen.

'Hoi', zeg ik.

'Ik ben Mien', zegt er eentje.

'En ik Sien.'

'Ik dus Dina', zeg ik. Intussen bekijk ik hen van boven tot onder om te zien of er niet iets is wat hen van elkaar onderscheidt.

'Ik heb een moedervlek en zij niet', zegt een van de zussen. Ik denk dat het Mien is. Ik schaam me rot dat ze weet waarnaar ik aan het zoeken was.

'Waar dan?' vraag ik. Het is misschien een rare vraag, maar ik denk: we kunnen maar beter van meet af aan duidelijk zijn.

'Op mijn rug', zegt ze.

Handig, denk ik, want je rug is altijd te zien!

'Laat het zien', zegt de andere.

'Nee, hoeft niet.'

'Toch wel!' gilt ze.

Nog voor ik zelfs maar aan een vluchtpoging kan denken, staat het meisje met de moedervlek al met haar ontblote rug naar me toe. 'Het heeft de vorm van Luxemburg', zegt de andere trots. Ze legt er haar vinger onder, alsof ze me aardrijkskundeles geeft. 'Mama heeft het vergeleken op de kaart van Europa.' Intussen staat het vlekkenmeisje nog steeds voorovergebogen ja te knikken. Dat het echt waar is.

Ik bekijk de vlek eens goed en denk: Luxemburg? Rusland, zul je bedoelen! Echt, de vlek is gigantisch. Het heeft de grootte van een hand. En dan niet een van een doorsneemens, maar van een boomlange grondwerker die niet met een spade, maar met zijn blote handen graaft!

'Voor de rest zijn we precies hetzelfde', zegt de vlek. Ze draait om haar as, trekt haar bloes naar beneden en gaat dan demonstratief naast haar zus staan. Zo met haar ene voet wat vooruit, gekruiste armen en haar hoofd vlak bij dat van haar zus. Alsof ik met mijn fototoestel in de aanslag sta.

'We hebben ermee in de krant gestaan', zegt de andere.

'Met die vlek?'

'Neehee, met ons tweeën. We zijn de best gelijkende tweeling van de Benelux.'

'Echt?'

Ze knikken allebei.

'Gaaf.'

'Ja, nu zijn we beroemd', zegt... nu ja, een van de twee. Ik krijg het flink op mijn zenuwen dat ik niet weet wie wie is. 'Maar zeg nou eens hoe ik jullie uit elkaar kan houden', zeg ik.

De twee meisjes grinniken en kijken dan naar elkaar. Alsof ze in stilte afspreken wie het antwoord zal geven. Dan gaan ze weer zij aan zij staan, in precies dezelfde pose als daarnet. De linkerhelft zegt: 'Dat weten we niet.'

'Zelfs onze ouders weten het niet.' (De rechterhelft.)

'We houden hen voortdurend voor de gek natuurlijk.'

'Maar soms moeten we van onze moeder onze rug laten zien en vallen we door de mand.'

'En soms weten we zelf niet wie we zijn', zegt de rechterhelft.

Daar moet ik echt om lachen. 'Meen je dat?'

'Echt', zegt de linker. 'Ik heb in de klas een keer (ze wijst naar haar zus) haar naam ingevuld op een overhoring. Kregen we natuurlijk op onze donder, want zij kon nooit twee keer hetzelfde blad hebben ingevuld.'

'Gelukkig hadden we allebei acht op tien.'

'Jullie houden me voor de gek', zeg ik.

'Nee, echt', zegt de ene. 'Soms zijn we zelf in de war, maar dat komt omdat we de hele tijd mensen beetnemen.'

'Nou, aardig van jullie', zeg ik.

'Nee, dat is het niet', zeggen ze allebei. En dan slaan ze hun handen in elkaar en lachen ze zoals ik het alleen nog maar een keertje in een theaterstuk een door en door slechte tovenaar heb horen doen.

'Dan hoef ik jullie niet te kennen', zeg ik. 'Da-ag!' Ik denk: wat doe ik gemeen! Maar zij ook natuurlijk. De eerste twee kinderen die ik hier leer kennen, houden me al meteen voor de aap. Voor mij hoeft het niet. Zonder om te kijken loop ik verder.

'Hoi', hoor ik ineens schuin achter me. Ik draai me om en zie in weer een andere voortuin een pikzwarte krullenkop in overall, die me met, als het kon, *nog* zwartere ogen staat aan te kijken. In zijn ene hand heeft hij een bruine papieren zak. Met zijn andere hand staat hij erin te graaien. 'Ik zaai gras', zegt hij. Hij haalt zijn hand uit de zak. Die staat bol van het zaad dat hij in een langgerekte beweging voor zijn plastic laarzen strooit.

'Woon je hier ook nog maar pas?' vraag ik, want het huis achter hem heeft borden van aannemers en loodgieters tegen de gevel hangen. En ook het feit dat er nog geen spriet gras door het zand komt piepen, wijst erop dat de bewoners gloednieuw zijn.

Hij knikt. 'Een paar weken.'

Ik probeer van zijn gezicht af te lezen of hij daar wel of niet blij om is. Ik lees niks. Nog een vraag dan: 'Waar woonde je vroeger?'

Hij haalt zijn hand uit de zak en wijst naast mijn hoofd, naar een punt schuin achter me. Het zaad glijdt uit zijn vuist. Ik moet erom lachen.

Hij haalt zijn schouders op. 'Er is meer dan genoeg.'

Ik kijk achterom, naar het punt dat hij aanwees. 'Dus tot voor kort woonde je in de bomen?' vraag ik.

De jongen kijkt me met vraagogen aan. Dan lacht hij. Hij

snapt het. 'Nee, ik woonde een paar straten verderop. Toen werden deze huizen gebouwd. Het onze was op, zei mijn moeder. Dus kwamen we hierheen.'

'Mis je je oude huis dan niet?' vraag ik.

Hij schudt zijn krullen. 'Dit huis is veel groter en alles is gloednieuw.'

Ik knik en, ik kan het niet laten, ik kijk sip naar de grond.

'Is er wat?' hoor ik hem vragen.

Ik haal mijn schouders op.

'Waar kom jij eigenlijk vandaan?'

Nu wijs ik, naar schuin achter hem, maar ik kijk zo diep ik kan de verte in. Tot tegen de horizon aan probeer ik te kijken. Hij volgt mijn blik, glijdt met zijn ogen langs mijn priemende vinger, tot zijn blik zich ook ergens in het oneindige bevindt. 'De Deemse Vaart?' vraagt hij.

'Nee.'

'De wijk bij het Bremerbosje?'

'Nee.'

'De Klapperdijk?'

Ik schud mijn hoofd. 'Het eind van de wereld', zucht ik.

Hij kijkt me weer vragend aan. Ik zie aan zijn gezicht dat hij zich die plek probeert voor te stellen, het eind van de wereld. Dan moet hij lachen. 'Je beheerst de taal al goed', zegt hij. Zijn karbonkelogen priemen in de mijne. Bijna moet ik ervan knipperen.

'We woonden meer dan tweehonderdvijftig kilometer hiervandaan', zeg ik.

'Waw', doet hij.

'Nou, zo waw vind ik het anders niet.'

Hij staat te knikken. 'Je mist je vrienden, niet?'

'Ellendig hard', zeg ik. En ik denk: eindelijk, iemand met begrip!

'Nou, de mijne wonen gewoon wat verderop', zegt hij. Weer wijst hij achter me. 'Lekker makkelijk.'

Ik denk: leuk. Wrijf het er maar in.

'Ik zou het niet overleven als ik hen achter moest laten', zegt hij. Hij grabbelt in de zak met zaad en strooit het voor mijn voeten. 'Ik zou janken als een hond!' roept hij uit. Hij demonstreert het zelfs.

Als ik niet zo doodongelukkig was, zou ik het grappig vinden.

'Ik ga', zeg ik.

'Ik zaai verder', antwoordt hij.

Eerst sta ik hem nog twijfelend aan te kijken. Ik bedoel: scheelt er wat met hem? Maar meneer zaait rustig voort. Waarom zegt hij niet dat alles wel goed zal komen? (Ik *weet* dat mensen dat maar zeggen om me een plezier te doen, maar het helpt wel!) Hij strooit het graszaad rond de plek waar ik sta zoals ik soms rond de mat onder de salontafel stofzuig, als mama het niet ziet. 'Dag', zeg ik. Ik steek slap mijn hand naar hem op en verlaat zijn zand.

Als ik al twee huizen verderop ben, kijk ik over mijn schouder. Misschien heb ik hem van pure ellende verzonnen. Maar hij bestaat. Het grasmannetje. 'Hoe heet je?' roep ik.

'Bas!' roept hij. 'En jij?'

'Lomperik!' roep ik.

Hij knikt met opgestoken duim, alsof ik werkelijk gewoon mijn naam heb geroepen, en zaait verder.

12.

Je gelooft het niet, maar als ik binnenkom is de computer vrij. Geen Zus te bespeuren. Dit is mijn kans! Ik heb het ding nog maar pas aan of Marlowies stuurt me al een uitnodiging om met haar te chatten.

Dan komt papa thuis. Mama knuffelt hem fijn terwijl hij zijn jas nog staat uit te trekken. 'Hoe was het? Hoe was het?' kirt ze.

Papa knikt fel. 'Het was top!' zegt hij.

Vandaag was het dus zijn eerste officiële dag op de zaak. Zijn opleiding zit erop. Vandaag mocht hij zijn nieuwe kantoor betrekken. Vanochtend nam hij een foto van mama en van mij en Zus mee naar het werk om op zijn werktafel neer te zetten. En een plant. Dat hoort zo, zei hij. Een kantoor zonder plant is als een… hij moest even denken.

Ik hielp hem. 'Een meisje zonder vrienden', zei ik.

Hij keek me schuin aan. De glimlach die hij om zijn lippen had, verdween pardoes. 'Verpest het nou niet, kleine', zei hij. Hij stuurde me met zijn blik de keuken uit. Dat was voor het eerst, geloof ik.

Nu staat hij over de schouder van mama naar mij te kijken. Mijn vader vergeet niet vlug. Hij knikt en mompelt wat, iedere keer als mama iets vraagt, maar zijn blik is op mij gericht. Ik ga dus naar hem toe, ook al flikkert het msn-balkje onder aan mijn scherm als gek.

'Hoe was je eerste dag, papa?'

'Goed', zegt hij. Hij klinkt heel kil, maar legt wel heel even zijn hand op mijn hoofd.

Als we niet zo boos op elkaar waren, zou hij door mijn haar wroeten. Dan zou ik gillen dat hij mijn fantastische kapsel verknoeit. Maar ik begrijp dat zijn hand op mijn schedel al heel wat is.

'Wel even wennen, al die nieuwe gezichten', zegt hij.

'Kan ik me voorstellen', zegt mama. Maar ik begrijp dat hij het tegen mij had. En ik weet wat er gaat komen. En ja, hoor. 'Maar het lijken leuke collega's', zegt papa. 'Het doet goed om nieuwe mensen te leren kennen.' Hij wrijft zich in de handen, alsof hij boven een kom dampende soep zit. Alsof hij met mama een tekstje uit het hoofd heeft geleerd, zegt ze: 'Voor je het beseft, heb je een heleboel nieuwe vrienden gemaakt, snoep.' (Nog zoiets: sinds kort noemt ze mijn vader snoep en hij haar suikerklontje! Alsof je in een nieuw huis elkaar ook andere naampjes moet geven en dan nog liefst volstrekt belachelijke. Straks gaan ze zich ook helemaal anders gedragen en andere kleren dragen en herken ik niemand meer.)

'Reken maar', zegt papa opgewonden. Hij wrijft zich nog steeds in de handen alsof we in Siberië wonen en hij er bloot op een bergtop is gaan staan.

'Mijn vrienden wachten op de chat', zeg ik. Ik wijs achter me, waar de computer haast uit elkaar barst van de vriendschap.

Als ik me om wil draaien, zegt papa: 'Dat is toch niet helemaal hetzelfde, hoor, liefje.' (Liefje noemt hij me!)

'Nee, helemaal niet', zingt mama.

'Heb ik een andere keuze?' vraag ik.

Die opmerking negeren ze straal, natuurlijk.

'Hoe ging het toen je de wijk verkende?' vraagt papa.

'De wijk verkende?' (Ik bedoel: waar heeft hij het over? Hij komt net binnenwaaien.)

'Ja, mama sms'te me dat je buiten was. De wijk verkennen.'

Ik denk: was dat dan zo belangrijk? Mama heeft zich van bij de aanschaf voorgenomen haar mobiel alleen te gebruiken in geval van nood. Bij een bosbrand vlakbij, een gigantisch gaslek of een tsunami.

Ik haal mijn schouders op.

'Vertel, Dien. Hoe was het?' (Mama.)

'Nu ja, hoe was het. Het lijken me allemaal tamelijk geschifte mensen die hier wonen.'

'Dat is niet netjes, Dina', bromt papa.

'Pap, ik heb twee mensen ontmoet. Nee, wat zeg ik, drie! Maar twee ervan zijn identiek aan elkaar en volslagen gek en die andere, een knul...'

'Kijk eens aan, een jongen', zegt mama, met een smile van oor tot oor.

'Nee, een knul! Hij peperde me in dat hij vrienden zat heeft en bovendien luistert hij niet eens als je wat zegt. En hij zaait gras!'

'Ja, en?'

'Nou, ik weet niet', zeg ik.

Mama en papa zuchten tegelijk.

'Mag ik?' vraag ik. Intussen wijs ik over mijn schouder naar de computer.

'Ga je gang', zegt mama.

Als ik al bijna bij de computertafel ben, zegt papa: 'Overdrijf er toch maar niet mee.'

'Met wat?'

'Met dat chatten en zo...'

'Maar...'

'Dat is geen vriendschap, liefje', zegt papa. 'Met dat scherm ertussen.'

Nu zucht ik, maar dan van zo diep dat ik er haast duizelig van word. 'Van mij mag je dat scherm inslaan, hoor', zeg ik, zonder om te kijken. 'Maar ik denk niet dat dat iets zal opbrengen.'

Terwijl ik op 'Marlo' klik die roodgloeiend aan en uit knippert, wacht ik op een fikse uitbrander van papa of mama. Behalve het geluid van de thermoskan waarmee papa zich van een kop koffie bedient, blijft het muisstil in de keuken.

'Hé, Marlo!' typ ik.

Maar ze zegt niks terug. 'Offline' staat er onder haar schermafbeelding. Wat wil zeggen dat ze niet meer verbonden is met het internet. Dus al helemaal niet meer met mij.

Ik klik het balkje van Martijn aan, want die was ook...

Maar nu niet meer.

Papa heeft gelijk. Het is niet hetzelfde. Niks is dat nog.

13.

Beste dagboek,

Het is niet hetzelfde. Ik bedoel: vriendschap... met een scherm ertussen. Papa heeft gelijk.

Mama blijft maar zeuren dat ik meer naar buiten moet, maar wat kan ik daar doen? Me door de zusjes Sien en Mien voor aap laten zetten? In het zand van Bas gaan zitten en wachten tot zijn gras komt piepen? Als hij intussen bij me zou komen zitten om wat met me te praten, zou het nog best gezellig kunnen zijn. Volgens mij praat hij alleen maar over zichzelf en zijn fijne vrienden die op een boogscheut van hem af wonen.

En hoe moet het straks als de school weer begint? Ik wou dat er een wonder gebeurde en dat alles terug gewoon werd, zoals het was. Naar een nieuwe school moeten, waar je niks of niemand kent, kilometers van je vertrouwde plek, dat is het ergste wat ze een mens kunnen aandoen. Dat en een levenslange puist op de top van je neus!

Toch een leuk voorval vandaag: ineens stond Michiel voor onze deur. Hij heeft een rijbewijs en kwam Zus verrassen met zijn nieuwe kar. Zus viel bijna flauw toen ze hem zag.(Michiel. Niet die kar, haha!) Ze hebben naar mijn zin veel te lang staan kussen (ik kon het horen!), maar daardoor was de computer wel een hele tijd helemaal van mij en kreeg ik toch nog Marlowies, Martijn en Senne te horen. Nee, te lezen. Nu ja... dat was wel weer oké. Maar het allerleukste is dat Michiel beloofd heeft om een keer Marlowies mee te brengen als hij nog eens naar hier komt gereden. En daarna Martijn of Senne. Of allemaal tegelijk! Tenminste, dat stelde ik voor, maar hij heeft een piepklein autootje met een achterbank waar nog geen middelmatige hond een beetje comfortabel kan gaan zitten. Michiel en zijn mini-

auto slaan dat scherm tussen mijn vrienden en mij toch wel een heel klein beetje aan diggelen.

Kus, Dina!

14.

Mama is aan het stofzuigen. En om de een of andere reden is er altijd iets wat de pret van het vloeiend stofzuigen bederft. Is het niet een boek dat op de mat ligt, dan zijn het wel mijn voeten of mijn hele lijf, want ik heb de gewoonte om soms midden op de vloer te gaan zitten als ik iets aan het doen ben. En ben ik het niet, dan is het Liezelot, mijn pop met krullen.

Ja, ik speel nog steeds met mijn pop. Nee, ik speel *opnieuw* met mijn pop. Nu, Liezelot is niet zomaar een pop. Ze is mijn maatje, mijn toeverlaat. Mijn luisterend oor ook. En het leuke is dat ze niks hardop terugzegt. Wat mensen vaak wel doen. Zo krijg je ruzie. Daarom hebben mensen huisdieren. Of een pop.

Zo heb ik dus Liezelot. En, echt waar, ik vind steun bij haar. Soms (ik weet dat het haast niet te geloven is) lijkt het alsof ik toch één vriendin heb mogen meenemen naar het nieuwe huis aan de andere kant van de wereld.

'Ga nou iets doe-oen', roept mama boven de stofzuiger uit.

'Ik doe-oe al iets!' schreeuw ik terug.

Mama duwt met haar voet de uitknop van de stofzuiger in. Het ding gaat langzaam uit. 'Uitfaden' heet dat in het theater. (Nog zoiets: het toneel. Hoe overleef ik zo'n gemis?!) Mama zucht, wrijft haar haren plat tegen haar schedel en kijkt met veel wit in haar ogen naar het plafond. 'Met iets doen bedoel ik niet op je kont in de weg zitten.' Ze stampt de stofzuiger weer aan. Als ik het met zo'n knal zou doen, kreeg ik er gegarandeerd van langs. Maar goed.

Ze wijst naar het raam. 'De zon schijnt na weken weer een keer', zegt ze.

Ik haal mijn schouders op terwijl ik met de achterkant van een lepel de krullen van Liezelot in een mooie golf leg. Pijpenkrullen, heet dat. 'Wat ben je mooi, Lotje', piep ik. Alsof ik het tegen een baby heb.

'Ben je plots weer wat jaartjes jonger geworden?' lacht mama.

Weer haal ik mijn schouders op en kijk haar aan op een manier die zij hooghartig noemt. Het is bij gebrek aan beter (sorry, Liezelot) dat ik dat doe. Dat wil ik ermee zeggen.

Mama vindt het schattig, haar kleine Dina met een pop op schoot. Ze heeft een glimlach op haar gezicht, maar stilaan verandert dat in somberheid. Ze trapt de stofzuiger weer uit en komt bij me zitten. Raar, je moeder die ineens op de grond zit. Ze aait het haar uit mijn ogen. 'Misschien moet jij ook krullen nemen', zegt ze. Dan lacht ze.

'Daar heb ik het gezicht niet voor', zeg ik, toonloos.

'Hoe weet jij dat?'

'Dat heb ik gelezen in de *Teenie Glossy Glamour*', zeg ik.

'Oh', zegt mama. 'Dan zal het zo wel zijn.'

We zwijgen een poosje.

'Stond er nog wat leuks in?' vraagt ze.

'Waarin?' (Ik weet heus wel waarin.)

'Wel, de *Teenie Glamour Glos...* of zoiets.'

'*Teenie Glossy Glamour*', zeg ik, maar dan op een toon alsof het mijn eigenste blad is en dat het in de hele wereld het best verkochte tijdschrift is.

'Juist', zegt ze. 'Nou?'

'Gewoon.' Intussen blijf ik de hele tijd naar Liezelot kijken en in haar krullen wrijven, met een blik alsof het een kat is die aan het doodgaan is. (De kat van Marlo is gestorven in haar armen, waar ik bij was. Dus ik weet goed hoe een mens dan kijkt.)

'Gewoon', zegt mama. 'Wat dan, gewoon?'

'Er stond ook in dat tienermeisjes kunnen doodgaan van eenzaamheid', zeg ik. Dat doodgaan lag nu eenmaal op mijn tong omdat ik aan een stervende kat dacht. Mama kijkt me ineens aan alsof mijn hoofd van mijn nek is gevallen.

'Wat?' zegt ze. Ze gaat op haar knieën zitten en pakt mijn schouders beet. 'Kijk naar me, Dina', zegt ze. Ze heeft tranen in haar ogen. Ik denk: wat krijgen we nu?

'Dina!' roept ze. Ze schudt me door elkaar alsof ik het contact met de wereld al aan het kwijtraken ben.

'Ja, wat?'

'Doe alsjeblieft normaal, kindje.'

'Maar…'

'Je blaast het op, hoor je?'

Ik wil vragen wat, maar mama geeft me geen schijn van kans.

'Ga het nou niet in je kop steken.' Ze duwt me tegen zich aan en begint te snotteren.

'Mama', zeg ik, met een stukje van haar bloes in mijn mond.

Ze duwt me van zich af en kijkt me weer diep in de ogen. 'Misschien is er wel een leuke club in de buurt of kun je hier vlakbij een waanzinnig spannende sport gaan beoefenen. Ik heb er iets over gelezen. Het was eh…'

Mama doet echt ongelooflijk hysterisch, maar ik kan het niet laten haar gewoon te laten doen. Al was het alleen maar om erachter te komen welke spannende sport je in dit dooie oord kunt doen. Biljarten met net-niet-bedlegerige tachtig-plussers?

'Hoe heette het weer… diepzeezeilen of zoiets.'

Ik schiet hard in de lach. 'Diepzeezeilen! Was het niet bungeejumpen van luchtkastelen?'

Mama moet ook lachen. Met de muis van haar hand wrijft ze haar ogen droog en zegt: 'Nou, het zal vast gewoon zeilen geweest zijn.' Ze pakt mijn kin beet. 'Dina, maak me niet zo bang', zegt ze. 'Doodgaan…'

'Mams, ik bedoelde niet…'

'Goed dan', zegt ze. 'Goed dan, meisje.'

Ze gaat staan en pakt de slang van de stofzuiger van de grond.

'Waar was het dan?' vraag ik.

Ze laat de slang weer vallen. Er verschijnt een veel te brede glimlach op haar gezicht.

'Ik wil gewoon weten waar het is, mam', zeg ik. 'Meer niet.'

'Ja, weet ik.' Ze begint na te denken, met zo'n vingerknipbeweging. 'Goh… iets met Dreem of Deem en dan vaart, geloof ik. Ja, het was iets met vaart.'

'De Deemse Vaart?'

'Ja!' roept ze uit. 'Dat was het. Hoe weet je dat?'

'Van Bas. Die zei er iets van.'

'Misschien diepzeezeilt hij ook wel', lacht ze.

'Nee, hij deed iets met tafelvolleybal, geloof ik.'

Mama knipoogt naar me. 'Toe nou', zegt ze.

'Wat?'

Ze maakt een beweging met haar hoofd in de richting van de voordeur. Ga nou naar buiten, wil ze zeggen. Kijk wat rond.

'Goed dan', zucht ik. Even dan, zeg ik er met mijn ogen achter.

Mama zet de stofzuiger weer aan.

Als ik al bijna helemaal buiten sta, hoor ik haar roepen. De stofzuiger gaat weer uit.

'Wat?'

'Begin zelf zo'n clubje', zegt ze.

'Welk clubje?'

'Wel, een clubje dat een totaal maffe sport beoefent.' En, echt, ze kijkt me zo serieus aan dat het eng wordt.

'Mam', zeg ik. 'Jij moet ook dringend een keer naar buiten.'

Dus besluit ze met me mee te gaan. We maken een wandeling waarbij we naar de nieuwe buren knikken of goedemiddag zeggen. Een hond hapt bijna een stuk uit mama's bil, maar we moeten er wel om lachen. Aan een pleintje waar zowat alle straten op uitkomen, gaan we op een bankje zitten.

'Wat doet die kerel daar?' vraagt mama.

Het is Bas.

'Hij zaait gras', zeg ik.

'Oh, is dat…'

'Ja.'

Hij steekt de zak met zaad naar me op, bij wijze van hoi.

'Lomperik!' roep ik. Hij glimlacht.

Mama geeft me een por in de zij. 'Doe normaal!' zegt ze. Ik zie haar denken: zo maak je nooit vrienden.

Als mama terug binnen is, ga ik nog wat in de voortuin in een kuil zitten, gewoon omdat ik dat een keer wil doen. Misschien krijg ik die kans nooit meer. Het zit best lekker. 'Ma-am!' roep ik. Het zou wel heerlijk zijn als ze me een boek bracht of de *Teenie Glossy Glamour.* Voor mijn part het dikke kruiswoordraadselboek van papa. Maar mama hoort me niet. Net als ik nog een keer wil roepen, zie ik wat tuintjes verderop, voor het huis van de buitenlandse mensen met hun matje, twee kinderen hollen. Het zijn een jongen en een meisje. Ietsje jonger dan ik. De leeftijd van de tweeling, gok ik.

Dus klauter ik uit de kuil. Als ik straks tegen mama kan vertellen dat ik weer twee kinderen heb leren kennen, speldt ze me een medaille op.

'Hoi!' zeg ik. Mijn hoofd komt net boven hun haag uit. Ze wonen hier vast al een hele tijd. Ik bedoel, aan die haag te zien.

'Ik ben nieuw hier', zeg ik, want uit die twee donkere kopjes komt niet veel klank. Ze staren alleen maar. Misschien spreken ze de taal niet eens. '*Hellow!*' probeer ik. '*Bonjour!*'

Tegelijk schieten ze in de lach. Het meisje zegt: 'Ben jij een polyglot?'

'Een wat?'

Weer lachen.

'Een polyglot is iemand die veel talen spreekt', zegt de jongen.

'Oh, oké', zeg ik. 'Nee, ik dacht dat jullie mij niet begrepen', leg ik uit.

'Jawel, hoor', zegt het meisje. 'Papa is een polyglot. Hij spreekt Frans, Engels, Duits, Dari, Pashto, Oezbeeks, Turkmeens, Beloetsji en Nederlands.'

'Vlaams', zegt de jongen.

'Nederlands', zegt het meisje.

'Nee, Vlaams!' (De jongen.)

'Nederlands!' (Het meisje.)

'Dat is hetzelfde', zeg ik.

Ze kijken me allebei raar aan.

'Hier is het nog Vlaams, maar daar…' Ik wijs naar daar waar de grens ligt. 'Daar is het Nederlands.'

'Dan is het toch verschillend?' vraagt het meisje.

'Ja, maar het klinkt hetzelfde.'

'Ja, dat is zo', zegt de jongen.

Ik denk dat hij de oudste is.

'Ik ben Dina', zeg ik.

'Hamid', zegt de jongen. Hij wijst naar zijn zus. 'Sharbat.'

Ze knikt, dat het klopt.

'Wonen jullie hier al lang?'

'Een halfjaar nu', zegt Sharbat. 'En jij?'

'Twee dagen.'

'Oh, welkom!' roept Hamid uit. Hij komt achter de haag uit. Sharbat ook. Ze pakken om beurten mijn hand en schudden die.

'Waar komen jullie vandaan?' vraag ik.

'Afghanistan', zegt Sharbat.

'Dat is ver!' roep ik uit. 'En jullie spreken nu al… de taal van hier.'

Ze knikken trots. 'Papa leerde het ons. Bovendien zijn we heel slim. Net als hij.'

'En onze moeder', zegt Sharbat. 'Die is ook slim.'

'Dat moet een hele aanpassing zijn', zeg ik. 'Afghanistan, België.'

'We hebben eerst in Engeland gewoond', zegt Hamid.

'En in Duitsland ook', zegt Sharbat.

'Polen', zegt Hamid.

'Toen terug Afghanistan', zegt Sharbat.

'En toen Nederland.'

'België', zeg ik.

'Nee', zegt Sharbat. 'Nederland.'

'Hier is het België', zeg ik, wijzend naar het pad tussen ons in.

'Ja, dat weten we', zegt Sharbat. 'Maar we hebben eerst in Nederland gewoond.' Ze wijst naar waar de grens ligt.

'Word je het niet moe, al dat verhuizen?' vraag ik. En ik denk aan die ene verhuizing van ons en aan mama die alle spullen eerst in krantenpapier inpakte en het toen netjes in dozen stopte en op de voorkant van de doos schreef wat er allemaal in zat en toen alle dozen op alfabet in de garage zette en...

'Het went', zegt Hamid. 'We leefden lang in koffers', zegt Sharbat.

'In koffers?' Ik kijk haar met ongeloof aan. Ze moet erom lachen.

'Dat wil zeggen dat je op den duur niks meer uitpakt, maar gewoon al je spullen in koffers en dozen laat zitten omdat je toch niet weet hoe lang je deze keer blijft. Alleen de hoogstnodige dingen pak je uit', legt ze uit.

Ik knik.

'Het is niet zo dat wij in koffers zitten', lacht Hamid.

Ik lach mee. 'Natuurlijk niet', zeg ik. Toch voel ik me best dom. Ze bekijken me ook zo.

'Nu hopen we wel voor altijd te blijven', zegt Hamid.

'Hier?' roep ik uit. Mijn lip krult.

'Ja!' schreeuwen ze in koor. 'Het is hier fantastisch.'

'Vinden jullie...' zeg ik voorzichtig.

Sharbat neemt het over. 'Het is hier rustig en vredig. Iedereen is vriendelijk. Er zijn winkels die vol liggen met spullen. Je hoeft niet de hele tijd bang te zijn voor aanslagen en uit de kraan komt altijd water. Behalve als het vriest.'

'Maar dat heb je toch overal?' zeg ik.

'In dit land', zegt Sharbat.

'Ja. In dit land.'

'Maar niet in Afghanistan', legt Sharbat uit. 'Het is bij ons heel onveilig om te wonen. Door de oorlog is er van niks genoeg voor iedereen. Dus trekken veel Afghanen weg, naar een ander, beter land.'

'En daarom zijn jullie hier komen wonen? Nu ja, eerst naar al die andere landen, maar dan…'

'Papa is dokter', zegt Sharbat. 'Maar zijn Afghaanse diploma was in Europa nergens geldig en deels daardoor kregen we ook nergens een vaste verblijfsvergunning. Het was iedere keer weer wachten: blijven of vertrekken. Altijd was het vertrekken.' Ze zucht diep.

'Dat was klote', zegt Hamid. Hij moet er hard om lachen. Hij slaat op zijn knie, om dat woord, klote.

'Maar nu is alles oké', fluistert Sharbat. En ze kijkt daarbij heel gelukkig naar de lucht. Het blijft een hele tijd stil, bij de haag van de Afghaanse kinderen.

'Nou, welkom dus', zegt Sharbat dan.

'Superwelkom', zegt haar broer. 'Moge het geluk je toelachen!'

Ik buig. Ik schrik er zelf van. Waar haal ik het vandaan? Het gebeurt voor ik het goed besef. Ik buig!

De twee doen hetzelfde, naar mij.

Dan zwaaien ze tegelijk. 'We moeten maar eens gaan', zegt Sharbat. En weg zijn ze.

Eerst sta ik nog een hele tijd een beetje besluiteloos bij hun tuintje, maar dan loop ik naar huis. Nee, ik huppel naar huis. Dat deed ik al jaren niet meer.

15.

Marlowies is online.

'Hoi, Marlo.'
  'Hé, Dina! X'
  'Hoe gaat het?'
  'Goed, hoor. We beginnen met een nieuw toneelstuk. Nu ja, nog drie weken wachten en dan echt.'
  …
  'Dina?'
  'Ja.'
  'Oh, sorry. Ik wilde er niks mee zeggen of zo.'
  'Nee, ik snap het wel. Maar het doet toch wel even zeer als het over toneel gaat.'
  'Dat begrijp ik, Dina. Sorry, echt.'
  'Geeft niks.'
  'Ik ben er zeker van dat je ook nog op de planken zult staan, hoor, Dien!'
  'Ja-ah, natuurlijk. Er stond zopas nog in de plaatselijke krant dat ze hier alle werken van Shakespeare gaan opvoeren. In de lokalen van de seniorenkaartclub.'
  'Echt?'
  'Nee, natuurlijk niet. Hier hebben ze volgens mij nog nooit van theater gehoord.'
  'Dat weet je niet, Dina. Misschien is er wel een heel fijne toneelgroep om de hoek.'
  'Nee, heb het al opgezocht en er is echt niks. Ooit was er wel een.'
  'Zie je wel.'
  'Een poppentheater, maar dat hield er mee op rond de vorige eeuwwisseling.'
  'Oh.'

'Maar, ik wens je veel gebroken benen, Marlo. Echt. Ik kom zeker kijken. Al moet ik een privéjet aanschaffen om er te raken.'

'Haha!'

'Al iets van Michiel gehoord?'

'Michiel?'

'Ja, hij heeft een auto en binnenkort pikt hij je op om een keer hierheen te komen.'

'Nee, nog niks gehoord.'

'Vind je het niet leuk?'

'Jawel, maar de school begint bijna.'

'En dan?'

'Zal niet makkelijk zijn dan.'

'Ja, natuurlijk. We zien wel. Het duurt nog een hele maand voor de school begint, Marlo.'

'Klopt. Nog ander nieuws?'

'Ja, ik begin met mijn moeder een clubje.'

'Een clubje? Van wat?'

'Iets met compleet geschifte sporten.'

'Echt?'

'Nee, maar daar kwam zij mee aanzetten. Denk dat mama zich ook rot verveelt hier. Papa komt nooit voor negenen thuis.'

'Leg jij haar maar in de watten.'

'Doe ik.'

'Nog leuke mensen ontmoet in je wijk of zo?'

'Nee. Alle leuke mensen zitten daar.'

'Waar?'

'Bij jou!'

'Dina, dat is niet zo!'

'Wel waar.'

…

…

'Marlo?'

…

'Marlowies?'

…

'Sorry, Dina. Maar Senne stuurt me een filmpje door.'

'Wat voor filmpje?'

'Een fragment uit het stuk dat wij misschien gaan opvoeren, maar dan van een andere groep of zoiets. Het is me niet helemaal duidelijk.'

'Leuk.'

'Ja.'

…

'Dina, ik laat je maar, want het is nogal een zwaar bestand. Als ik msn niet uitschakel, crasht het hele ding hier.'

'Oké.'

'X!'

'Ja, x!'

16.

'Mam, ik ga toch even naar die Deemse Vaart kijken.'

Er staat nog niet eens een punt achter mijn zin of het lijkt al of mama twintig centimeter groeit. En ze glimlacht niet van oor tot oor, nee, haar mondhoeken raken elkaar ergens achter in haar nek.

'Ik ga daar gewoon even kijken, hoor. Ik ga me niet meteen inschrijven of zo. Trouwens, ik ben niet zo'n watermens.'

'Ja, dat weet ik, maar toch. Het is leuk dat je iets gaat doen. Goed, kindje.' Ze raakt even mijn schouder aan. Alsof ik breekbaar ben en ze me, nog voor ik lid ben van de zeilclub, al geen blessure wil slaan of zo.

Op het internet heb ik de wandelroute gevonden en uitgeprint. Daar loop ik nu dus mee door wildvreemde straten. Als ik op de een of andere manier het papiertje kwijtraak, kan ik mezelf maar beter meteen als vermist opgeven. (Eerst wel nog het politiekantoor vinden natuurlijk.)

Het is een flink eind wandelen. Waarom haalde ik mijn fiets niet van stal?

De Deemse Vaart blijkt een waterweg te zijn aan de rand van het dorp tussen het groen. Een stukje van de Deem, want zo heet die vaart dus, heeft het gemeentebestuur ingepalmd door er een omheining rond te zetten, een ingang te voorzien en er vlaggenmasten neer te poten. Enkele waterratten hebben er een surf- en zeilclub opgericht (toch een keer opzoeken wat het verschil is tussen zeilen en surfen, want dat weet ik niet eens) en nu is het zowat het meest bezochte reservaat uit de hele omgeving. Dat stond allemaal te lezen op hun website.

Gelukkig, daar zie ik al vlaggen wapperen. De Belgische vlag, de Nederlandse, het schild van de gemeente en het logo van de club. Ik ben er.

Bij de ingang staan een heleboel fietsen, gewoon in de rekken, netjes rechtop, maar er zijn er ook tegen de haag gegooid en tegen sommige bomen liggen wel acht fietsen. Volgens mij is het hele dorp naar hier komen afzakken. Het is dan ook lekker weer. Al bij de ingang zie ik meisjes in bikini of badpak en jongens in fluo zwemshorts. Ze praten en lachen en ik voel me natuurlijk al meteen de supertrut zonder vrienden en zonder bikini. Maar ik kleur nog liever paars dan dat ik hier al meteen halfbloot ga rondlopen.

In een hutje, net voorbij de poort, zit een kerel met dreadlocks. Hij doet me natuurlijk meteen aan Senne denken. Nog voor ik me kan omdraaien om naar huis terug te keren en er te gaan zitten kniezen, steekt die kerel zijn hand naar me op en vraagt of ik kom zwemmen, surfen, zeilen of zonnen.

'Niks van die dingen, eigenlijk', zeg ik.

Hij opent zijn mond, maar sluit hem meteen weer.

'Zoek je iemand?' vraagt hij, na wat denkwerk.

'Nee, niet echt. Ik kom gewoon even kijken.'

'Kijken?'

Ik heb natuurlijk allang door dat je voor zwemmen, zeilen en surfen moet betalen. Daarom zit hij hier. Dus ik zeg: 'Moet ik daar voor betalen? Anders loop ik wel met gesloten ogen rond, hoor.' Ik lach er zelf om. Hij niet. Ik voel me zo stom!

'Nou, veel kijkplezier dan', zegt de dreadlockjongen.

En kijkplezier heb ik. Er liggen honderd miljoen mensen aan de rand van de Deem! Ze smeren elkaar in of springen in het water of liggen met een bloedrood hoofd te soezen in de brandende zon. Er wordt getennist, gevoetbald, gewaterfietst en enkele kinderen doen verwoede pogingen een vlieger op te laten. Alleen, er is geen spatje wind. Dus zowat alle kinderen lopen te huilen.

Ik voel me onzichtbaar in al deze drukte. En ik vind het best.

Als ik een poosje tussen de drukte aan het wandelen ben, lijkt het alsof ik stilaan toch zichtbaar word, alsof de betovering bijna verbroken is. Hier en daar is er wel iemand die naar me kijkt en iemand anders aanstoot om mee te kijken. Als ik verder blijf lopen, wordt het steeds erger. Ik denk: verhip, die kerel aan de kassa zegt het tegen iedereen, 'veel kijkplezier'.

Maar plezierig is het niet. Ik word nagewezen door een meisje, iets ouder dan ik, schat ik. Haar vriendje kijkt me ook aan alsof… ik weet het niet, alsof ik grappig ben. Echt, hij lacht als hij me ziet. Ik denk: negeren. Ze zijn hier allemaal gek, weet je nog? Een stukje verderop staat er weer een groepje, vooral meisjes, die me bekijken alsof ik woekerend neushaar heb of zo en er ook nog een keer vlechten in heb gelegd. Negeren, denk ik. Maar ze wijzen me na en ze lachen. Heb ik geen kleren aangetrokken? Du-uh, zij toch ook niet? Doorlopen, Dina, doorlopen. Terugkeren is stom en bovendien heb je dorst. Er zal wel een terras zijn en daar ga je doodnormaal iets drinken (dat leg ik mezelf allemaal op). Bij een bar met hiphopmuziek bestel ik een cola. Ik ga zitten aan een tafeltje waar de *Glossy* op ligt. Fijn, als je een blad leest, lijk je ineens niet meer alleen. Als ik al een poosje zit te bladeren, hoor ik wat verderop een stem die ik herken. Het is Bas. Behalve dat hij alleen maar een zwembroek draagt, is er nog iets wat anders aan hem is. Juist, hij heeft geen zak met graszaad in zijn hand. Ik doe alsof ik hem niet zie. Gewoon verder lezen, denk ik. Een hele tijd lijkt het alsof hij me niet opmerkt. Misschien moet ik toch maar eens van mijn cola drinken. Dat gebaar is iets groter dan beweginloos zitten lezen. Niet dat ik vind dat hij me moet zien of zo, maar ik heb niet echt iets tegen een gesprek. En als de dreadlock aan de kassa niks merkt, is het vast nog gratis ook. Ik drink en kijk boven mijn glas zijn richting uit. Hij staat druk te praten met twee bikini's. Enkele seconden danst hij op het liedje dat door de speakers knalt. De bikini's lachen. Ik zet mijn glas neer. Harder dan ik eigenlijk wilde. Bas kijkt achterom.

'Hé', zegt hij. De meisjes blijven naar zijn achterhoofd staan kijken omdat daar eerst zijn mond zat waarmee hij hen iets aan het vertellen was. Bas komt mijn kant op. Een van de meisjes haalt haar schouders op. De andere kijkt wat verveeld mijn richting uit. Ze wijst naar mijn tafeltje. Ze herkent de *Glossy*, denk ik. Misschien is het wel de hare. Ze lacht. Nog voor ik me kan afvragen waarom, staat Bas vlak voor me. 'Hoi', zegt hij.

'Dina', zeg ik.

'Nee, Bas', zegt hij.

'Ik bedoel: ik heet Dina.'

Hij lacht.

De meisjes ook. Maar die doen dat vast de hele tijd.

'Wist ik wel', zegt Bas.

'Niet', zeg ik.

'Oké, niet dan.'

'Zwem je?' vraag ik.

'Nu niet', zegt Bas.

De meisjes lachen.

'Dat zie ik ook wel', mompel ik. En ik denk: ga weg. Laat me verder lezen.

'Ga jij zwemmen?' vraagt Bas.

Ik haal mijn schouders op. 'Weet nog niet.'

'Doen', roept Bas uit. Hij doet wat danspassen op het liedje dat uit de boxen van de dranktent komt.

'Ja, doen!' zegt het dunste meisje. 'Er is een ploeterbadje voor peuters', zegt de andere.

'Steffie!' zegt Bas. Hij klinkt een beetje boos, maar ik zie ook wel hoe hij op zijn lippen bijt om ook niet in lachen uit te barsten.

'Maar…' zegt die Steffie. Ze wijst naar mijn tafeltje. Ik volg haar vinger. Dan zie ik het, waarom ze lachen. Waarom iedereen met me aan het lachen was.

'Ik ga maar eens', zeg ik. Ik gris, zo snel ik kan, Liezelot van de tafel en loop weg.

'Hé, wacht', hoor ik nog. Maar ik ren. Ik ren zo hard ik kan en ben niet van plan om ooit nog te stoppen.

Als ik thuis ben en sta uit te hijgen tegen de deur, die nog een beetje natrilt van het dichtslaan, staat mama me vanachter de strijkplank in de keuken aan te kijken. 'Wat is er met jou?'

'Niks.'

'Dina…' Mama zet het strijkijzer neer. Ze wil naar me toekomen, maar ik hol de trap op. 'Laat me!' roep ik. Ik ga op bed zitten en luister of ik haar niet naar boven hoor komen. Ik hoop het niet en wel tegelijk. De trap blijft stil. En dan zie ik wat er gebeurd is. Ik heb niet Liezelot, maar de *Glossy* van het tafeltje mee gegrist. Ik barst in tranen uit. De enige vriendin die ik heb meegenomen bij de verhuizing, heb ik aan de Deemse Vaart laten liggen!

17.

Lief dagboek,

Dina heeft het voor elkaar! Ze heeft zich zooooo belache-lijk gemaakt! In de hoop ooit misschien vriendschap te sluiten met leuke leeftijdsgenoten, ga ik naar een supercoole plek met keigave mensen, maar dan wel met de bedoeling nog eventjes absoluut NIET *op te vallen... en wat doe ik, denk je? Wat flik ik mezelf? Ik neem mijn pop mee!*

Maar, echt, ik wist niet dat ik haar had meegenomen, hoe on-gelooflijk dat ook klinkt. Ik wist het echt niet. Liezelot hing ge-woon aan mijn hand. Ik leek wel een peuter met zo'n toddeltje! Wat vind ik mezelf stom... nu zal ik natuurlijk voorgoed als die nieuwe rare worden gezien. Dat weet ik nu al! Die Bas vertelt dat gewoon door aan iedereen. Hij kent vast een heleboel men-sen. Vooral veel van die bikinigrieten als die twee waar ik hem vandaag mee zag.

Had ik maar naar mezelf en niet naar mama geluisterd! Ik had gewoon binnen moeten blijven zoals ik van plan was. Wie weet maak ik wel nog een kans bij de gezusters tweeling. Die zullen er vast niet raar van opkijken als ik straks met een heel poppenklasje door het dorp loop. Ik heb het verknald, boekje. Dit komt nooooit meer goed.

Verdrietige zoen,
Je D'tje

18.

Ik besluit de zusjes Mien en Sien op te zoeken. Niet dat ik daar erg veel zin in heb, maar mama houdt niet op met zeuren. Ze zegt dat ik ga verkleuren als ik niet dringend wat buitenlucht opsnuif. In de voortuin controleer ik even of ik geen pop meer onder mijn arm heb zitten, verbijt een huilbui om Liezelot, die misschien op de bodem van de Deem ligt, en schuifel met tegenzin langs de haag van de tweeling. Er is niemand in de voortuin en, voor zover ik kan zien is er ook geen levende ziel te bespeuren in de achtertuin. Het is dan ook een beetje kwakkelweer. Er drijven kolossale onweerswolken over die me doen besluiten om een jas aan te trekken. Ik wil terug naar de Deemse Vaart. Ineens schiet dat idee me te binnen. Er loopt vast geen mens en, wie weet, ligt Liezelot gewoon op het tafeltje waar ik haar heb achtergelaten en kom ik er vanaf met een dikke knuffel en een sorry, zonder dat ik duikers, brandweerlieden en reddingswerkers heb moeten inschakelen.

Als ik me omdraai om terug naar het huis te lopen, hoor ik een kreet vanachter het huis van Mien en Sien komen. Een kreet die het midden houdt tussen die van een meisje in uiterste nood en die van Boes, de poedel van mijn tante Kop, toen ik een keer keihard op zijn achterpoot ging staan. Na de kreet hoor ik een grom en een gil en het komt duidelijk uit de achtertuin van de tweeling. Ik denk: hebben ze een hond? In mijn hoofd wordt een van de meisjes er met huid en haar door opgepeuzeld. Het beest is gek geworden. Dat kan, dat je hond ineens totaal flipt en als een gestoorde in het rond begint te happen. Ik heb het een keer gelezen in de krant.

Nog een grom, nog een kreet. Ik moet hen redden, schiet het door mijn hoofd. Op bibberbenen loop ik over de oprit naar het pad naast het huis. In het achterste gedeelte zie ik een van de twee meisjes voorbijlopen. Ze krijst alsof ze door een bloeddorstig monster achterna wordt gezeten. En zit haar haar onder het bloed? Mijn gedachten over dat monster zijn nog niet klaar of ik zie een figuur voorbijlopen. Het is een man, denk ik. In ieder geval is hij groot en breed en gekleed in donkere lappen stof die rond hem zijn gewikkeld. Hij draagt een masker en loopt wijdbeens en met uitgestoken armen achter de helft van de tweeling aan. Wie van de twee het is, weet ik niet precies. Ik bedoel, er zijn geen ruggen bloot. Het monster weet het vast ook niet. Echt, ik schud mijn hoofd zoals je een tekenfilmfiguurtje weleens ziet doen dat iets ziet wat te gek voor woorden is. Misschien sta ik op klaarlichte dag te slapen en heel maf te dromen, gaat het door me heen. Eigenlijk sta ik het te hopen! Maar dan klinkt er weer een schreeuw – ik kan je niet vertellen hoe akelig die klinkt! Nog enkele stappen durf ik in de richting van de achtertuin te zetten, maar dan loopt een van de meisjes weer panisch voorbij, achternagezeten door die grote, donkere, gemaskerde figuur. Hij loopt een stuk langzamer dan het meisje, maar hij is zo groot dat hij, als hij zijn benen een beetje zou sluiten, in een mum van tijd bij het bebloede kind zou zijn. Hij lacht griezelig gemeen. Het lijkt alsof hij haar die voorsprong nu nog een beetje gunt, maar dat hij er zo meteen meer dan genoeg van heeft en haar in de nek zal springen. Die gedachte duwt bij mij de scheer-je-weg-knop in. Als een bezetene vlucht ik naar huis. Terwijl ik loop besef ik ook wel dat dat niet goed is. Ik moet haar redden. Maar hoe? De politie bellen, schiet het door me heen. Tegen de tijd dat ze hier zijn is de helft van de tweeling al opgepeuzeld. Maar als we de andere helft kunnen redden, is dat al heel wat!

'Mam, we moeten de politie bellen!' Ik knal de deur achter me dicht en ga ertegen staan, alsof het ding me gevolgd is.

'Wat? Waarom?' Mama staat naar een waaier kleurkaarten te kijken. Ze houdt de waaier tegen de bank en dan tegen de muur.

'De politie', zeg ik. 'Er is iemand in gevaar.'

Mama kijkt over haar schouder naar mij. Ik kan zo zien dat ze twijfelt of ik geen grap uithaal.

'Wie dan?'

'Mien', zeg ik. 'Nee, Sien.'

'Of allebei misschien?' lacht mama.

'Ja, allebei', zeg ik. 'Maar eentje kan niet meer gered worden.'

Mama komt op me af met de kleurkaartenwaaier nog in haar hand, alsof ze wil controleren of haar favoriete kleur wel bij mijn kleren past.

'Er loopt een man in hun tuin rond...'

'Hun vader?' vraagt mama.

'Nee, een vreemde man. Hij wil hen iets aandoen.'

'Dina', zegt mama. Ze aait mijn hoofd. Ik duw haar hand weg.

'Nee, echt, het is een verschrikkelijke man. Een monster, eigenlijk.'

Mama schiet in de lach.

'Mam, echt!'

'Afkickverschijnselen', lacht mama. 'Ik zei al dat je te vaak binnen zat.'

'Je gelooft me niet?'

Mama luistert al niet meer. Ze vergelijkt haar kleurenwaaier met de deurstijl.

'Ma-am!'

'Ja-ah.'

'We moeten bellen! De tweeling is in levensgevaar en jij loopt belachelijk kleuren te kiezen!'

'Ik word gek tussen die kale muren, Dien', zegt mama rustig.

'Mama, ze zat onder het bloed!'

'Wie?'

'Nou, Sien of Mien. Een van de twee.'

Mama zucht. Ze laat haar schouders hangen. 'Kindje', zegt ze. Ik haat het als ze dat zegt.

Ze legt haar hand op mijn schouder. 'Geloof me nou!' roep ik.

'Straks is Zus thuis', zegt mama. 'Ga iets leuks met haar doen of zo.'

Ik duw mama's hand van mijn schouder. 'Ga dan mee kijken als je me niet gelooft!'

'Dina, ik moet…' Mama houdt de waaier voor mijn gezicht, alsof ze me koelte wil toewuiven. En het komt van pas, want ik sta te zweten als een otter, zo boos ben ik!

'Mam, je wilt straks toch geen dood meisje op je geweten hebben tussen je bloedrode muren!' Een seconde lang flitst de gedachte door mijn hoofd, dat dat een erg mooie woordspeling was. Mama gooit de kleurenkaarten op de bank. 'Kom', zegt ze. Ze duwt me in de richting van de voordeur. Ik denk: ze gooit me eruit. Maar ze zegt: 'Toon me dat bloedbad, schat.'

Eerst sta ik nog afwachtend naar haar gezicht te kijken. Meent ze het?

'Kom, Dina', zegt ze. 'Ik heb niet de hele dag de tijd.'

Dan lopen we samen langs de straat. Mijn borst doet zeer van mijn hart dat er hard in slaat, want wat zullen mama en ik daar aantreffen? Twee dode meisjes? Of eentje en het andere onder de schrammen en het bloed? Misschien rent het monster er nog rond en lopen ook wij gevaar, maar we moeten toch *iets* doen? Stel je voor dat we straks, al is het één iemand, kunnen redden? Dan ben ik meteen de heldin van de buurt. Van het hele dorp. Het hele land zal erover spreken. Over het dwaze Liezelotvoorval zal geen mens het nog hebben. Die twee lachmeiden van Bas zullen stikjaloers zijn! Dina, de ster van de Deemse Vaart!

'Dina!' roept mama. 'Dina!' Ze schudt aan mijn arm. Nu pas, met mijn gedachten nog voor de helft aan de Deem, zie ik dat we al ter hoogte van het huis van de tweeling en het monster staan.

'Hoi, Dina!' roepen de meisjes tegelijk. Ze zijn aan het touwtjespringen en glimlachen breed.

Ik zeg: 'Huh?'

'Ja, huh!' zegt mama.

'Maar…'

Mama loopt al terug in de richting van ons huis.

'Mam!'

Ze kijkt over haar schouder, maar loopt wel gewoon door. Ze zegt: 'Speel wat met die meisjes in plaats van mij voor de gek te houden!' en weg is ze.

'Hé, die Dina!' roept de papa van Sien en Mien, maar ik zie hem niet echt. Ik kan mijn ogen niet van de tweeling houden. Geen spatje bloed. Alleen maar blije gezichten.

'Een glaasje bessensap?' vraagt Ferdinand. Hij houdt een glazen kruik in de hoogte. Bloedrood bessensap.

Ik schud mijn hoofd en loop weg. Niet omdat ik nog bang ben of zo. Gewoon, omdat ik... ik weet niet.

19.

'Ze is in de war', zegt mama tegen papa.

We zitten aan tafel. Ik krijg geen hap door mijn keel. Zus zit me aan te staren alsof ik van een andere planeet kom. Ik ben niet langer een meisje dat van de andere kant van de wereld komt, maar wel uit een compleet andere hoek van het zonnestelsel.

'Het is misschien allemaal een beetje te veel', zegt papa tegen mama. Ze praten alsof ik er niet eens bij zit. Ze praten zoals ze praatten toen mijn oma in het ziekenhuis lag, vlak voor ze doodging. Oma lag erbij alsof ze wakker was, maar ze lag gewoon voor zich uit te staren en reageerde op niks of niemand. Dat heb je weleens met hartstikke oude mensen. Op den duur zat de hele familie maar door elkaar heen te praten, soms over het bed heen, alsof het een tafel was. Alsof mijn oma daar niet eens meer lag. Ik herinner me dat ik een keer dacht: straks gaat mijn oom Harry zitten kaarten met mijn neef Jos. Hartenjagen op de buik van mijn oma.

Mama en papa zuchtten tegelijk.

'Ze heeft gewoon een rijke fantasie', zegt Zus. 'Jullie moeten niet meteen gaan denken dat ze gek geworden is.'

Denken ze dat dan?

Ik prik mijn vork in een aardappel en breng die naar mijn mond. Niet omdat ik er zin in heb, maar omdat ik iets wil doen dat een beetje normaal is. Ik bedoel: mijn ouders denken dat ik geschift ben! Intussen besef ik ook wel dat het compleet gestoord was om te geloven dat ik een monster en een halve tweeling onder het bloed in de tuin van de buren zag lopen. Waar haal ik het vandaan? Ik neem nog een hap en begin te lachen. Ineens zie ik er de grap van in. Mama, papa en zus kijken me met ogen vol paniek aan. Mama's mond zakt open. Zus' vork houdt halt voor haar open mond. Dan kijken ze naar elkaar. Mama naar papa, papa naar Zus en zij naar mama en zo gaat het een hele tijd door. Ik blijf lachen. Misschien moet ik griezelverhalen gaan schrijven!

'Dina', zegt papa. Hij slikt iets weg. 'Het spijt me, meisje.'

'Wat?'

Papa haalt zijn schouders op. 'Je weet wel...'

'We begrijpen heus wel dat het heel wat is, wat er allemaal gebeurt...'

'Maar er gebeurde niks, mama. Het was in mijn fantasie. Laatst dacht ik ook al dat die buitenlandse familie die hier wat verderop woont, op een matje over de huizen vloog.' Ik neem nog een hap en eet. Alsof er niks meer aan de hand is.

Papa zucht. 'We hebben lang over deze verhuizing nagedacht, Dina', zegt hij. 'Maar misschien niet lang genoeg rekening gehouden met het feit dat het voor jou...' Hij kijkt naar Zus. 'Voor jullie, bedoel ik... nu ja, dat het voor jullie allemaal te heftig is. We hebben jullie zomaar weggetrokken van de plek waar jullie het zo gewend waren. Weg van jullie vrienden en...'

'Pap', zegt Zus. 'Nu zeg je ineens wat wij al weken, maanden zeggen.'

'Weet ik', zegt hij. Hij pakt mama's hand en knijpt erin.

'Als jullie willen...' zegt hij. Meer komt er niet. Hij staart naar een hoek bij het plafond en slikt iets weg.

'Papa, doe niet zo maf', zegt Zus.

Papa knikt.

'Alsof je zomaar je ontslag geeft op je leuke werk en dit huis weer gaat verkopen en dan weer een huis in ons oude dorp gaat zoeken, verhuizen en...' Zus begint te huilen. Mama loopt naar haar toe en neemt haar hoofd vast. Ze zoent het haar van mijn zus. 'Sst', doet mama.

'Kindje', fluistert papa. Ook hij heeft tranen in zijn ogen.

Mijn God, wat kan ik daar slecht tegen! En heeft het nog iets met mijn monsterfantasie van vanmiddag te maken?

'Ik bedoel...' probeert papa. Mama schudt nee naar hem. Intussen wiegt ze het hoofd van mijn zus alsof het loszit en zus een baby is.

'Ik kan er niet tegen als je iets zegt wat je *niet* bedoelt!' roept Zus. 'Maak ons niks wijs, papa!'

Papa knikt. Hij knikt lang. 'Ik vind het erg om jullie ongelukkig te zien, meisjes', zegt hij.

Dan gaat de bel.

'Ik doe wel open', zeg ik. Ik wil hier weg. Weg!

Als ik de deur opendoe, schrik ik me te pletter. Het is Liezelot, mijn pop met krullen. Net als ik het naar de keuken wil roepen, besef ik dat ik dat beter niet doe, want dan stoppen ze me echt in een gekkenhuis!

'Het is Bas!' roep ik wel, want hij heeft Liezelot vast.

'Die liet je liggen', zegt hij.

'Oh', zeg ik. Ik rol een keer met mijn ogen.

'Doe niet alsof je het niet erg vond', zegt hij.

'Valt mee, hoor', doe ik.

'Je hoeft niet langer te huilen', zegt Bas. Hij duwt Liezelot mijn richting uit. Ik pak haar aan.

'Pff, huilen', zeg ik. Dan zie ik Bas naar mijn ogen kijken. Die zijn natuurlijk een beetje rood van het huilen omdat papa ook aan het huilen was. En Zus. Nu ja, ons hele gezin. 'We eten kip tandoori', zeg ik. 'Vandaar.'

Bas moet erom lachen. Dan zegt hij: 'Nou, ik ga maar eens.'

'Ja', zeg ik. 'Bedankt.'

Hij staat te knikken. 'Sorry', zegt hij.

'Waarvoor?'

'Die meiden.'

'Oh. Laat maar.'

'Nee... ze deden stom.'

'Je moest er ook om lachen', zeg ik.

Bas schrikt ervan. Hij kijkt me een beetje schuin aan. 'Nu ja, sorry dus.'

'Ik ken hier nog niemand', zeg ik. 'Ineens kwam mijn pop uit een verhuisdoos en toen ging ik me weer een beetje hechten.'

'Geeft niks', zegt hij. 'Toen ik verhuisde ging ik ook ineens weer met mijn *Transformers* spelen.' Hij grinnikt.

'Ik dacht dat jij zoveel vrienden had die op een boogscheut van je nieuwe huis wonen?'

Ik zie Bas kijken op een manier van 'dat jij dat nog weet.'

'Nu ja, dat wel', zegt hij. 'Maar toch verandert er een heleboel. Uit het oog uit het hart, zegt mijn moeder altijd.'

'Zou dat?' vraag ik. Intussen tast ik naar mijn broekzak, om te checken of mijn mobieltje er wel in zit. Wat heb ik dat ding al lang niet meer gehoord! Misschien is de batterij wel leeg. Dat kan. Ik zie Bas naar mijn hand op mijn broekzak kijken. 'Mag ik je nummer?'

Ik knik.

'Gaaf.' Hij pakt zijn mobiel en tikt het nummer in dat ik hem dicteer. Dan belt hij me. Om te controleren of het nummer wel klopt. Mijn zak zoemt. Ik neem op en zeg: 'Hoi, met Dina.'

'Hoi, met Bas.'

'Flikker op', zeg ik.

Maar Bas blijft op onze drempel staan. 'Wil je een keer met me mee naar de Deemse Vaart?' vraagt hij.

'Nu?'

'Nee, een keertje. Morgen of zo.'

'Ja', zeg ik.

'Neem je Liezelot mee?'

'Natuurlijk.'

'Echt?'

'Niet.'

'Da-ag.'

Als we ingehaakt hebben, staan we echt nog lang te lachen. Tot Bas 'Afgesproken dan' zegt.

Hij gaat weg. Ik zwaai. Ik zwaai een keer met het handje van Liezelot. Dan sluit ik de deur.

In de keuken zitten mama en papa naast elkaar aan tafel. Zus zit bij de computer. Ik kan zo aan haar zien dat Michiel op de chat zit. Gewoon aan de manier waarop ze in haar haar zit te wriemelen.

'Jij koffie?' vraagt mama aan papa.

'Ja', zegt hij.

'Ik ga de woonkamer zandkoekjesgeel verven', zegt mama.

'Oké.'

Ik denk: oké, alles onveranderd dus. We gaan echt niet terug naar ons oude dorp. Nooit meer. Ik kijk naar Liezelot en druk haar tegen me aan.

'Hé, je pop', zegt mama blij.

'Bas kwam haar brengen', zeg ik.

'Echt?'

Nee, het monster, denk ik, maar ik loop de trap al op. Op mijn kamer ga ik op mijn bed liggen, pak mijn mobiel en bekijk het laatste nummer bij *Ontvangen oproepen*.

'Bas', fluister ik. En: 'Niet *alles* onveranderd.'

20.

Na het ontbijt ga ik met mama mee naar de verfwinkel. We laten tien liter zandkoekjesgeel mengen, kopen een rol, wat kwasten, een verfbakje en afplaktape. Als we thuis zijn, help ik mama met de hoeken afplakken. We zijn er twee uur zoet mee, maar het is wel gezellig. De radio staat goed hard, mama heeft chocolademelk gemaakt en we eten, heel toepasselijk, zandkoekjes. Twee keer gaat mijn telefoon: een keer is het Marlowies om zich te excuseren omdat ze zo weinig op de chat te vinden is, maar ze heeft het dan ook ontzettend druk met duizend-en-een dingen. De tweede keer was het Bas om te vragen of *drie uur bij de ingang oké* was. Ik heb *oké* teruggestuurd. Na het middageten loop ik even langs het huis van de tweeling. Er is niemand te zien. Ik denk: houden zo. Liefst. Tegelijk hoop ik dat er weer iets gebeurt. Niet dat ik hoop dat er werkelijk een monster *bestaat*, maar toch... ik kan het toch onmogelijk allemaal verzonnen hebben? Of heeft papa gelijk? Is er te veel gebeurd waardoor ik toch een heel klein beetje het noorden ben kwijtgeraakt? Als ik al enkele minuten sta te wachten op ik-weet-niet-wat, hoor ik een geluid dat eerst lijkt op dat van een grasmaaier, maar hoe langer ik ernaar sta te luisteren, hoe harder het ding gaat klinken. Het heeft meer iets van een bosmaaier, of een cirkelzaag. Precies weet ik het niet. De papa van Mien en Sien is wel een doe-het-zelver, lijkt me. Dus een maaier of een zaag zou best kunnen.

Net als ik besluit rechtsomkeert te maken (want ik wil ineens mijn mooiste bikini uitzoeken voor straks) hoor ik een van de meisjes boven het gesnor van de zaag of de maaier uit. Dus ik neem me voor om toch even gedag te gaan zeggen. Dat ik onaangekondigd hun tuin inwandel zullen ze wel niet erg vinden, want het zijn eigenlijk best sociale meiden. En hun vader ook. Zouden ze eigenlijk een moeder hebben, vraag ik me af. Mijn gedachte is nog niet koud of er komt een dame mijn richting uit.

Ze loopt vlak langs het huis. Ik kan nog net een pas opzijzetten zodat ik niet door haar omver word gelopen. Ik kijk achterom. De dame blijft hollen alsof haar leven ervan afhangt. Met haar armen in de lucht. En ze schreeuwt. Ik denk: nee, niet weer!

Net als ik achter haar aan wil lopen – want ik wil niet het volgende slachtoffer zijn van het monster dat zich nu een cirkelzaag heeft aangeschaft om zijn slachtoffers mee te bewerken – nou, op dat moment loopt er een man over het gras van de tweeling. Hij heeft inderdaad een cirkelzaag vast, maar het ding schiet alle kanten op, alsof het een eigen leven is gaan leiden. Ook al bonkt mijn hart tot in mijn haarwortels, ik besluit te gaan kijken. Bijna onmiddellijk zie ik de tweeling. Ze hangen vol zand en modder! Een van hen springt in een kuil in de grond. Hun vader filmt het. Hij zegt 'Cut!' en de man met de maaier zet het ding uit. Achter me hoor ik: 'Staat het erop?' Het is die dame die me in paniek voorbijrende. Ze ziet me. 'Hoi!' zegt ze. 'Ik ben Lea en jij bent Dina!' Ze steekt haar hand naar me uit. Er hangt bloed aan. 'Oh, sorry', zegt ze. 'Hier moeten we zelf afschminken, hoor.'

'Afschminken?'

'Hoi, Dina!' roepen de meisjes.

Ik zwaai naar hen. Een van de twee doet verwoede pogingen om uit de kuil te klimmen. Haar vader steekt zijn hand uit en hup, het kind staat op de begane grond.

'Dat deed je goed, man!' roept hun vader naar het monster, dat ondertussen rustig een bak koffie staat te drinken, bij een tafeltje onder het afdak waarop een thermoskan, wat koekjes en het bessensap staan.

Lea zegt: 'Kom, drink ook iets' tegen mij.

'Ja!' roepen Mien en Sien. Ze komen naar me toegestormd. Een van de twee valt plat op haar buik. 'Shit, dat had ik moeten filmen', zegt hun vader. Geen mens die haar overeind helpt.

'Wat doen jullie allemaal?' vraag ik.

'Filmen', zegt een van de twee meisjes die ondertussen aan mijn arm bengelt.

'Ik ben Mien', zegt ze.

Ik denk: die met de vlek.

'Wat, hoe, filmen?' Ik begrijp er echt niks van.

'Papa maakt griezelfilms', zegt Sien, die overeind is gekrabbeld en aan mijn andere arm is gaan hangen.

'Oooh!' doe ik. 'Vandaar!'

'Wat?' roepen de meisjes tegelijk.

'Nou… niks', zeg ik.

'Mijn man heeft nogal een gekke hobby', zegt Lea, die zopas nog op de hielen werd gezeten door het koffiedrinkende monster. Ik denk: zij is hun mama. En: vreeeemde familie!

'Hij maakt dus films?' vraag ik.

'Ja, maar het is niet zijn beroep of zo, hoor. Ferdinand werkt bij de posterijen, maar in zijn vrije tijd schrijft hij griezelfilmscenario's en maakt hij er ook nog eens films van', zegt Lea. 'Omdat niemand anders het wil doen', fluistert ze achter haar hand.

'En wij mogen erin spelen', roept Mien uit.

'Echt gaaf!' roept haar zus.

'Eigenlijk mag de hele familie meespelen', zegt het monster. Hij komt op me af met een open hand. Ik schud die.

'Ik ben oom Frans', zegt hij. 'Normaal zie ik er minder kwaadaardig uit.' Hij wijst naar zijn eigen lichaam dat in een harig pak zit.

'Niet waar!' roepen Sien en Mien. 'Oom Frans ziet er altijd zo bloeddorstig uit!' Ze lachen als om de beste mop van de wereld.

Lea zit ondertussen onder het afdak bij een spiegeltje haar make-up eraf te halen. 'Ik heb een hekel aan die smurrie', zegt ze. Haar gezicht zit in de handdoek waarmee ze de laatste vegen weghaalt.

'U zou beter poeder gebruiken', zeg ik. 'In plaats van crème.'

Lea kijkt me aan alsof ik een knaller van een wind heb gelaten. 'Poeder?'

'Ja, poeder. Dat glimt minder onder de spots.'

Ze moet erom lachen. 'Nou, veel spots hebben we hier niet. Mijn man filmt meestal alleen maar als het echt een stralende dag is, juist omdat we geen geld hebben om fatsoenlijke belichting te kopen.'

'Maar poeder haal je ook makkelijker weg', zeg ik.

'Oh', zegt Lea. Ze begraaft haar gezicht weer in de handdoek. Dan gooit ze hem op het tafeltje en kijkt me met een hoog opgetrokken wenkbrauw aan. 'Studeer je voor schoonheidsspecialiste?'

'Ik doe al jaren toneel', zeg ik. En terwijl ik het zeg, valt het me op hoe trots ik klink. Ik ga zelfs wat meer rechtop staan, met een hoge borst. Tegelijk voelt het alsof ik een gigantische leugen sta te vertellen.

'Oh, toneeeeel!' zegt Lea. Eerst denk ik: lacht ze me uit? Maar ze kijkt een beetje sip. 'Dat heb ik altijd al willen doen, maar hier in de buurt is niks. Gelukkig heeft mijn man zo'n vijftien jaar geleden die griezelfilmmicrobe gekregen. Dat kwam omdat de man van mijn zus een keer van een trapje was gegleden en toevallig stond Ferdinand met een nieuw cameraatje wat in het ijle te filmen toen dat gebeurde. Kris, zo heet de man van mijn zus, akelige vent, hoor, nu ja, de knie van Kris stak door zijn huid. Het was echt een troep, met bloed en zo. Sindsdien wil Ferdinand niks liever dan dat soort vieze dingen filmen.'

'Nou, leuk. Toch?' zeg ik.

Lea knikt enthousiast. 'En zo komen we toch een beetje aan onze trekken.' Ze wijst naar de tweeling. 'Zij zijn er ook helemaal gek van.'

Omdat de meisjes zien dat hun moeder het over hen heeft, komen ze naar me toe. 'Dina is een actrice, meisjes!' zegt Lea.

'Echt?' Mien en Sien vliegen me om de hals. Bijna voel ik hun lippen op mijn wangen. Echt, zulke enthousiaste meisjes heb ik nog nooit gezien!

Hun moeder lacht. 'Kom, *girls*. Geef Dina wat ruimte!'

'Al mooie rollen gespeeld?' vraagt Ferdinand, die er ook is komen bijstaan. Zelfs oom Frans komt naar me kijken alsof ik een rariteit ben.

'Ja, hoor', zeg ik. 'Belle en het Beest, bijvoorbeeld.'

'Waaaaw!' doen Mien en Sien tegelijk. Ik denk: spreken ze hun reacties af of zo? Maar ik zeg: 'En een keer Carolien. De dochter van een rijke industrieel.'

'Woooow!' (De tweeling.)

'En ik heb ook al een hoop geleerd in de toneelles van mevrouw Hartman.'

'Kijk eens aan', zegt Ferdinand. 'Dat is interessant!' (Alsof hij weet wie mevrouw Hartman is.)

'Dank je wel', zeg ik. Ik sla mijn handen op mijn rug en sta een beetje goedgemutst te huppen.

'Kom', zegt Ferdinand. 'Ik laat je de collectie zien.'

Ik denk: collectie?

De meisjes kunnen weer mijn gedachten lezen. 'Zijn filmcollectie', zegt Sien. (Nu ja, ik denk dat het Sien is.)

'Zijn zelfgemaakte filmcollectie', zegt de andere, met opgestoken vinger.

We lopen met zijn allen langs het afdak, via een schuifdeur de keuken in. Het is er een rommel van je welste. Ik denk aan mama. Als ze dit zou zien! Van het aanrecht kun je het werkblad niet meer zien. Zoveel troep ligt erop. In de gootsteen staat een stapel borden en er liggen glazen en bestek bovenop die schreeuwen om een vaatdoek. Op de ronde tafel verrijst een berg kranten, tijdschriften, potjes en doosjes, lampen, verlengsnoeren, post, portefeuilles, kortingsbonnen, lege drankblikjes, er ligt zelfs een haardroger!

'Let niet op de rommel', zegt Lea.

Ik denk: oh nee, ze heeft me zien rondkijken.

'We zijn met zoveel dingen bezig dat het huis er een beetje onder lijdt', zegt ze.

'Nou, valt reuze mee, hoor', lieg ik.

We volgen Ferdinand door de woonkamer. Ik probeer niet al te opvallend rond te kijken, maar ik zie zo wel, vanuit mijn ooghoeken, dat de keuken alles bij elkaar nog meeviel. Ik denk: straks schop ik ergens tegenaan en valt alle rotzooi over ons heen. Daar heb ik eens iets over gelezen. Twee broers woonden in een gigantisch huis waar ze zoveel rommel verzamelden dat ze er zich een weg door moesten banen, zoals een mol ook zijn pijp graaft in het zand. En op een dag verschoof er onderaan iets en de boel stortte in. De twee broers kwamen om. Echt waar!

'Hier zo!' roept Ferdinand uit. Hij schuift het luik van een kast open en wijst naar een honderdtal video's.

'Wat een hoop!' zeg ik.

Iedereen om me heen staat zijn hoofd eraf te knikken.

Op de ruggen van de videobanden staan de titels geschreven, maar hoe hard ik het ook probeer, ik kan er niet veel van maken.

'De heks zonder ledematen', helpt Ferdinand me. Hij wijst naar een van de videobanden.

'Oh', doe ik.

'De vampier zonder tanden', zegt Lea.

Iedereen lacht.

'Zussen die monsters kussen', zegt een van de meisjes.

Ik zeg: 'Echt?'

'Ja', roepen ze uit. 'Mien moest oom Frans een zoen geven, maar hij had zich eerst helemaal ingesmeerd met bessensaus.'

'Heerlijk!' roept Mien uit.

'Voor het eerst vond ze me leuk', zegt Frans trots.

'Het verschrompelde planeetbeest', zegt Ferdinand. Hij is zo trots op zijn collectie dat hij niks meer hoort van wat de anderen zeggen. 'De weerwolf en de zeemeermin zonder armen', zegt hij.

'Dat was ook een beetje romantisch', zegt Sien. 'Die werden verliefd op elkaar.'

'Maar op het einde at de weerwolf haar toch op', zegt Mien.

'Alleen de staart liet hij liggen', lacht Lea.

'Weerwolven lusten geen vis', legt Frans uit.

'Wil je er eentje zien?' vraagt Ferdinand ineens.

'Ja, toe!' gillen de meisjes. Ze klampen zich aan me vast en bekijken me alsof ze jonge hondjes zijn waarvan ik er straks eentje zal meenemen.

'Welke dan?' vraag ik.

De tweeling giert het uit van de pret.

'Het onthoofde scharminkel, dat lijkt me een mooie om mee te starten', zegt Ferdinand. Hij weet de film blindelings staan. Hij laat me de voorkant zien. Ik zie alleen bloed, vacht en botten.

'Onze poes had de hoofdrol', zegt Sien.

'Wat?' roep ik. Ik wijs naar de foto op de video die Ferdinand me nog steeds voorhoudt.

De meisjes knikken trots.

'Dat is trucage, hoor', zegt Ferdinand.

Ik leg mijn hand op mijn hart, het is een hele opluchting.

En dan zitten we op de bank naar de tv te kijken. De zusjes, Ferdinand, Lea en oom Frans. Zelfs Scharminkel, de poes, kijkt mee.

21.

Een uur later is de film gedaan. Frans ligt te slapen. Ferdinand zit op het randje van de bank zijn vingers op te eten, Lea lakt haar teennagels, de tweeling verbergt hun gezicht achter een kussen en ik zit me al een halfuur af te vragen of je dit soort mensen alleen maar in dit deel van het land vindt.

'Hoe vond je het?' vraagt Ferdinand. Zijn naam heeft al vier keer op de aftiteling gestaan. Bij scenario, regie, productie en cameraman.

'Wablieft?'

'Hoe je het vond?'

'Oh', zeg ik. Ik had die vraag niet verwacht. Hoe vond ik het, vraag ik me af. Op zijn zachtst gezegd nogal vreemd. En het acteren was behoorlijk gemaakt. Het klonk alsof de meisjes hun teksten gewoon aflazen. En de trucages waren erg nep. Op een bepaald moment zag ik de dop van de ketchupfles nog in beeld, toen oom Frans door Scharminkel werd gebeten. Dat was wel lachen!

'Best goed', zeg ik.

'Nee', zegt Ferdinand. Hij pakt mijn polsen beet en kijkt me diep in de ogen aan.

Ik slik.

'Zeg maar wat je ervan vond', zegt hij. 'Jij kent er iets van. Ik wil van je leren!'

Ik slik nog een keer. 'Eh...'

'Het is allemaal erg nep, hè?' vraagt Ferdinand. Alhoewel, hij geeft in de manier waarop hij de vraag stelt ook meteen het antwoord. En hij kijkt ook zo. Onbeholpen zelfs.

Ik lach. 'Ja,', zeg ik. 'Tamelijk nep.'

'Dat heeft met het materiaal te maken, Ferdi', zegt Lea. 'Dat zeg ik al zo lang.'

'Ja', zegt Ferdi. 'Aan de verhalen ligt het niet. Die zijn sterk zat.'

Ik kan nog net mijn lach inhouden. (Een kat verandert, zonder enige reden of aanleiding, in een gruwelijk monster en eet alles en iedereen op, maar uiteindelijk vangt een klein meisje haar en stopt haar in magische poppenkleren, waardoor de kat weer gewoon een kat wordt. Sterk verhaal, hoor!)

'Van de technische kant weet ik eigenlijk niet veel', zeg ik. 'Maar...' Ik kijk alvast even naar de meisjes om hen voor te bereiden op het feit dat ik iets over hen ga zeggen.

'Maar?' vraagt Ferdinand. Hij gaat nog meer op de rand van de bank zitten. Nog even en hij glijdt eraf.

'Nu ja, het acteren kon iets natuurlijker, vind ik.'

'Oh', doet de tweeling. Ze zakken in elkaar als pudding.

'Ja, sorry', probeer ik nog.

'Nee, nee', zegt Lea. 'Je mag je mening zeggen.'

De meisjes knikken. Gelukkig.

'Dit was een van de eerste films', vergoelijkt Ferdinand nog.

'Ja, klopt', zegt de ene. 'Toen stonden we nog aan het begin van onze carrière', zegt de andere. Ze moet er zelf om lachen. Lea geeft haar een tik van wat-zeg-je-nu-weer.

'Maar...' zegt Ferdinand. Hij gaat heel erg rechtop zitten en kijkt me aan. 'Nu hebben we dus wel een ervaren actrice in ons midden. Misschien...' Hij kijkt met dezelfde puppyogen als zijn dochters daarnet.

'Misschien?' piep ik. Ik ben al bang voor wat er gaat komen.

'Misschien kun jij ons een beetje lesgeven?'

'Jaaaa!' roept de tweeling.

'Maar...'

'Doe het nou', smeekt Ferdinand. 'Misschien zijn er nog mensen die les willen krijgen van jou', zegt hij.

'We kunnen een oproep doen', zegt Lea.

'We moeten een affiche maken', zegt Sien.

'Ja!' roept haar vader uit. Hij ziet de letters al voor zich. Met zijn handen schrijft hij een slogan in de lucht: 'Volg hier theaterles op woensdagmiddag!'

Ik zit te denken wat ik op woensdag zoal te doen heb, maar ik kom nergens op. 'Woensdag…' zeg ik.

'Kun je?' vraagt Lea.

Ik knik.

'Wil je?' vraagt Ferdinand.

Ik knik weer! Alsof mijn hoofd dingen doet waar ik zelf niks aan kan doen.

Sien en Mien gillen het uit. Lea en Ferdinand slaan elkaar in de handen. Frans wordt wakker. 'Is de film gedaan?' vraagt hij.

'Al een eeuw!' zegt Lea.

'Dan kijken we toch nog een keer', zegt Frans.

22.

Marlowies is op de chat.

'Hi, Marlo!'

'Hoi, Dina! Hoe is het?'

'Goed.'

'Echt? Gaat het GOED?'

'Ja… Jammer?'

'Oh, nee. Gewoon, was even geleden dat het nog goed ging. Vandaar…'

'Oké, het gaat behoorlijk dan.'

'Hoe komt het?'

'Nou, ik weet het niet. Het weer zit mee.'

'Alleen het weer?'

'En Bas.'

'Bas?'

'Ja, ik vertelde toch al over die rare kerel die gras zaait en surft of zeilt aan de Deemse Vaart?'

'Oh ja, die. En wat is er met hem?'

'Heb een afspraakje met hem.'

'Echt? Gaaf!'

'Ja, ik weet het.'

'Maar je vond hem toch een rare?'

'Nog steeds. Maar hij is wel lief, denk ik.'

'En een stuk?'

'Nogal.'

'Ja, surfboys altijd.'

'Weet niet of hij surft of zeilt.'

'Zeilers zijn ook leuk!'

'Oké dan.'

'Overmorgen beginnen we met toneel!'

'Wat gaan jullie doen?'

'Joleo en Rumia.'

'Haha!'

'Wat?'

'Romeo en Julia, zul je wel bedoelen.'

'Nee. Het is een variant op R en J. Dit verhaal is veel grappiger en er sterft niemand.'

'Hé hé, ik lig nog steeds in een deuk om die titel, Marlo!'

'Goed, hè? Het is een stuk van Senne.'

…

'Dina?'

'Senne? Mijn Senne?'

'Ja, van jouw Senne. Hij heeft het nog snel voor de groep geschreven.'

'Wist ik niet.'

'Hij heeft het je niet verteld?'

'Heb hem al een poosje niet meer gehoord.'

'Nu ja, het stuk is van hem dus.'

'Oh.'

'Een stuk van een stuk, zeg maar.'

…

'Dina?'

'Ja?'

'Dacht dat je weg was.'

'Nee. Ben er nog. Wie speelt Rumia eigenlijk?'

'Weten we nog niet. Morgen is het auditie.'

'Spannend!'

'Ja, kijk zo uit naar het nieuwe toneelseizoen. Jammer dat jij er niet meer bij bent, Dien!'

'Lief.'

'Ik meen het echt. Jij had beslist de rol van Rumia gekregen ;o)'

'Dubbellief!'

'Wanneer zie je die Bas?'

'Oh, straks. Ik vergeet het haast. We hebben om drie uur afgesproken.'

'Succes!'

'Dank je!'
'Wat gaan jullie doen?'
'Weet ik niet.'
'Ook spannend. Maak hem maar goed gek!'
'Hé hé.'
'Ik ga, Dina. Straks komt Martijn.'
'Alles oké met jullie?'
'Best wel.'
'Super. Geef hem een zoen van me.'
'Ik denk er niet aan!'
'Een gewoon zoentje, Marlo.'
'Goed dan. Geef jij er eentje van mij aan je surfzeilboy.'
'Zal ik doen.'
'Kus.'
'Knuf.'

23.

Er wordt gebeld. Ik kijk op mijn horloge. Halfdrie. Is Bas een half-uur te vroeg?

Als ik de deur open, vliegen Sien en Mien me om de nek. 'We hebben een affiche gemaakt!' roepen ze uit. Achter hen staat Ferdinand. Hij rolt een blad papier open. Er staat: *Kom acteerlessen volgen in de Bramenstraat 23. Elke woensdag van twee tot vier.*

'Goed?' vraagt Ferdinand.

Ik knik. 'Lijkt mij wel.'

'Dan laat ik het honderd keer kopiëren', roept hij uit.

'Honderd keer?'

'We kunnen net zo goed de cursus voor een heleboel mensen organiseren', zegt Ferdi.

'Nou', zeg ik. 'De groep mag niet te groot zijn, hoor. Kwestie van wat persoonlijk te kunnen werken.'

Ferdinand wijst naar me. 'Jij bent de baas. Vijftig affiches dan', zegt hij. 'We kunnen ook mensen op de wachtlijst zetten.'

'Denk je echt dat er zoveel reactie op zal komen?' vraag ik.

'Reken maar', zegt Ferdinand. 'Het is altijd zo. Hier is niks te beleven', fluistert hij achter zijn hand. Alsof de burgemeester meeluistert. '*Als* er dan een keer wat gebeurt, wil iedereen erbij zijn.'

'Maar misschien moeten we eerst alleen de kinderen uit de wijk uitnodigen', zeg ik. Ik zie het echt niet zitten om met vijftig wildvreemden in zee te gaan.

'Jij bent de baas. Twintig affiches!'

De meisjes gieren het uit. Waarmee ze aangeven dat er nu geen onderhandelen meer mogelijk is. 'Wij schrijven ons alvast in', zeggen ze.

'En ik ook', zegt Ferdinand. 'En mijn vrouw ook natuurlijk. En mijn broer Frans!'

'Wie is daar?' vraagt mama vanuit de keuken.

'Wij!' roept Ferdinand. Iedereen lacht. Lea geeft hem een stomp, maar ze vindt het tegelijk toch grappig. 'Even kennismaken met je mama?' vraagt ze. Ze loopt me al voorbij, de gang door.

'Ja, goed', zeg ik.

Mama komt net uit de keuken en loopt bijna tegen Lea aan. Die steekt haar hand naar mama uit. 'Ik ben Lea. Moeder van de tweeling.'

'O ja', zegt mama. Ze kijkt langs mij naar de open voordeur en steekt haar hand op naar Sien, Mien en hun vader. Ze zwaaien terug. Ik zet een stap opzij zodat ze ook een keer naar mama kunnen.

'Ja, kom gerust allemaal binnen', zegt mama. Aan haar toon kan ik niet horen of ze het echt meent.

'Ik ga me klaarmaken', roep ik. Ik kijk op mijn horloge. Nog een kwartier en Bas is er. Nog even en we hebben een buurtfeest, denk ik, als ik de trap oploop.

Ik leg mijn drie bikini's op mijn bed en verzin er mezelf in. Misschien gaan we niet eens zwemmen, bedenk ik. Toch besluit ik mijn lichtblauwe met donkerrode stippen alvast onder mijn kleren aan te trekken. Een slimme meid is op alles voorbereid.

Als ik naar beneden loop, gaat de bel. Maar de deur is nog open omdat de tweeling en Ferdinand en Lea nog steeds bij mijn moeder in de gang staan.

'Kom erin', zeg ik tegen Bas. Hij staat een beetje verward naar de drukte in de gang te kijken.

'Hoi, Dina', zegt hij dan. 'Klaar?'

'Voor?'

Hij haalt zijn schouders op. 'Deemse Vaart?'

'Mij best.'

'Dag, mams!'

Mama doet haar best om nog iets tegen me te zeggen, maar de familie van schuin tegenover ons slorpt haar als het ware op. Ik kan wel haar blik nog zien. Die zegt: dat zet ik je betaald!

Ik zit schuin achter op de fiets van Bas. Ik zit een beetje wiebelig, maar ik heb geen idee waar ik me aan moet vasthouden. Aan zijn heupen durf ik het in ieder geval niet. Nog niet, denk ik. En: Dina, foei!

Het is minder druk dan de vorige keer aan de Deemse Vaart.

'Dat komt omdat er een grote surfhappening is, net over de grens in Nederland', zegt Bas.

Ik vraag: 'Waarom doe jij niet mee?'

'Omdat ik geen surfer ben, maar een zeiler', zegt hij.

'Wat is het verschil?' vraag ik.

'Het verschil?'

'Tussen surfen en zeilen.'

Nu moet Bas lachen. Ik voel me een kip.

'Als je surft, sta je op een plank en raak je vooruit door de golfslag van de zee. Zeilen is met een boot. Oké, je kunt het ook op een plank, maar je hebt in ieder geval altijd een zeil waar de wind in zit en dat je snelheid en je koers bepaalt. Snap je?'

'Ja', zeg ik. 'Natuurlijk.' Al zegt hij het allemaal zo snel, dat ik me er niet meteen iets duidelijks bij kan voorstellen. Maar ik besluit de woorden 'surfen', 'plank', 'golf' en 'zeilen', 'wind', 'boot' te onthouden. Zo leer ik ook voor school.

'Maar surfen doe ik ook, hoor', zegt hij. 'Ik ben een echte waterrat.'

'Je zwemt dus graag?' vraag ik.

'En of!' zegt hij. 'Zullen we?' Hij wijst naar de Deem.

Ik knik.

Er zitten best veel andere waterratten in de Deem. Ik check snel of die twee meiden van de vorige keer er ook zijn, maar we staan te ver van het water af om echt gezichten te kunnen zien. Bas trekt me met zich mee. 'Kom', zegt hij. 'Het water roept ons. Ba-as', roept hij. En: 'Dinaaah!' We springen over bradende lichamen die ons achternaroepen omdat we ze een seconde zonlicht hebben afgenomen. Bas blijft met zijn voet in het handvat van een rieten tas hangen, valt, biedt zijn excuses aan, maar de handtas zegt niks terug. We moeten er zo hard om lachen, dat Bas niet meteen rechtop raakt. Ik sleep hem mee over het zand. Een hond die met zijn halsband vast is gemaakt aan een parasol blaft zich suf naar ons. Omdat ik mijn schouders uit de kom heb staan trekken aan Bas, tilt hij me op als tegenprestatie en draagt me naar het water. Ik spartel als een vis. Bij de waterkant legt hij me neer, zo voorzichtig alsof ik van glas ben. Ik doe voor de lol alsof ik morsdood ben, maar kijk wel door mijn ogen als spleetjes. Ik zie Bas zijn T-shirt uittrekken en uit zijn bermuda stappen. Hij schopt zijn teenslippers uit en rent het water in. 'Koom', gilt hij. Zijn stem slaat over. De Deem is vast ijskoud. Terwijl hij handjes water over zijn borstkas gooit, zoals mama dat om het halfuur doet bij een kalkoen in de oven, gooi ik mijn jurk over mijn hoofd en vraag aan een boompje of het op onze tassen wil letten. Dan hol ik het water in, meteen tot aan mijn nek. Het voelt eerst alsof mijn hart het van de kou gaat begeven, maar na enkele seconden voelt het ronduit heerlijk. In enkele slagen sta ik aan de overkant. Bas staat me, van zogoed als aan de kant nog, verbaasd aan te kijken.

'Je mond valt open!' roep ik.

Ik kan zo zien dat hij begrijpt dat hij een held is van niks. Hij besluit ook te gaan hollen, halfweg laat hij zich in het water vallen en zwemt crawl tot vlak bij me.

'Je zwemt snel', zeg ik. Ik meen het. Je kunt zo zien dat hij zich heer en meester voelt in het water eens hij de kou overwonnen heeft. Bas strijkt met beide handen zijn haar naar achteren. Hij ziet er nu heel anders uit, zo zonder lokken in zijn gezicht. Ik kijk naar zijn jukbeenderen en sta te bedenken dat ik niemand anders ken met zulke uitgesproken jukbeenderen.

'Sorry', zegt hij, met een monkellachje.

'Waarom?'

'Ik heb me niet geschoren', lacht hij. Hij wrijft over zijn kin zoals ik het papa weleens zie doen, wanneer hij zich staat af te vragen of hij niet nog een dagje kan wachten. Papa heeft een hekel aan scheren.

'Doe jij dat al?' vraag ik.

'Scheren?' Bas knikt. 'Soms.'

'Hoe oud ben je?'

'Vijftien.'

Ik denk: net zo oud als Senne. Het geeft een raar gevoel in mijn buik. Of mijn maag, dat weet ik niet precies. Het ligt ook allemaal zo dicht bij elkaar. Ik denk aan het gezicht van Senne. Mijn Senne, denk ik er automatisch bij – echt, dat heb ik altijd, maar het voelt niet juist. Het klopt ineens niet meer. Ik zie de stoppels op Sennes kin en de enkele plukken zachte donshaartjes op zijn kaaklijn, naar de onderkant van zijn oor. En ik zie zijn oorringetje voor me. Mijn Senne draagt een oorring. Maar welke kleur heeft die, sta ik me ineens af te vragen. Zilver, goud, zwart? Ik weet het niet meer.

'Hé, Dina!' roept Bas. 'Wakker worden!' Hij spat water in mijn richting. Hij grijpt naar mijn middel en laat zich op me vallen. Hij wil me kopje-onder duwen, maar ik duw hem makkelijk van me af. Hij verdwijnt zelf enkele seconden onder water en komt proestend weer boven. Ik zie aan de bewegingen die hij maakt en de schavuitenlach op zijn gezicht dat hij het nog een keer wil proberen, maar ik zwem naar de kant en loop naar mijn kleren. In een mum van tijd is Bas me bijgebeend. Hij schudt zijn hoofd. Er spatten druppels op mijn schouder. 'Wat is er?' vraagt hij.

'Niks.'

'Wel', zegt hij. 'Vertel op.'

'Laat maar.' Ik pak mijn handdoek uit mijn rugzak, maar laat hem onmiddellijk in het zand vallen. Ik vloek. Bas lacht. Hij bukt zich sneller dan ik, pakt de handdoek uit het zand en schudt die uit. De zonnebaders naast ons mopperen, maar Bas doet alsof hij het niet hoort of ziet. Ik doe iets met mijn hand waaruit moet blijken dat het ons vreselijk spijt van die zandstorm, maar de zonnekloppers hebben hun ogen alweer dicht. Ik wil de handdoek uit Bas' handen nemen, maar hij duwt mijn handen weg. Hij droogt mijn schouders en, goeie god, waarom kijkt hij zo...

'Laat het', zeg ik. Ik duw mijn handdoek en zijn handen weg.

'Ben ik te oud misschien?' vraagt hij.

'Te oud?'

'Vijftien', zegt hij.

'Niet te oud om samen te gaan zwemmen', zeg ik. Wat stom is, natuurlijk, want ik ben degene die meteen uit het water stapte.

'Hoe oud ben jij eigenlijk?' vraagt Bas.

'Ik word dertien', zeg ik. Weer stom. Waarom zeg ik niet gewoon twaalf?

Bas glimlacht en droogt mijn andere schouder af. 'Je hebt mooi haar', zegt hij.

'Doe niet zo', zeg ik.

'Hoe?'

'Banaal.'

'Banaal?' Bas doet flink zijn best gekwetst te klinken.

'Dat...' zeg ik, maar Bas neemt me de woorden af.

'Dat zeggen alle jongens?'

'Ja.'

'Dacht ik wel', zegt Bas. Hij laat de handdoek zakken, zijn schouders, zijn hele lijf eigenlijk. Alsof hij de handdoek in de ring wil gooien, als die hier was.

'Kom op', zeg ik. 'Geen enkele jongen heeft het al tegen mij gezegd, Bas. Maar... kom zeg, mooi haar?' Ik rol met mijn ogen.

'Stom?' vraagt hij.

'Uhu.'

'Ik kan er toch niks aan doen dat het écht zo mooi is', zegt hij verontwaardigd. 'En je ogen, natuurlijk.'

Ik doe ze dicht en zeg: 'Hou op.'

'En je mond. En je neus en je lippen.'

'Hou op!'

'En je bikini.'

Ik geef een stomp tussen zijn ribben. Echt harder dan ik bedoelde. Bas valt in het zand, boven op mijn handdoek. 'Nu is je handdoek helemaal verknoeid!' roept hij uit. Hij krabbelt overeind.

'Niet uitschudden!' roep ik. De man die naast ons ligt te zonnen steekt zijn duim op. Bas buigt zich over zijn rugzak en diept er zijn handdoek uit op. 'Hier', zegt hij. Nog voor ik iets kan weigeren, legt hij die over mijn schouders. 'Je mag de mijne', zegt hij. Ik denk: uitslover. Maar ik zeg: 'Je bent lief.' Nu gaat hij natuurlijk weer met complimentjes gooien, denk ik nog. Maar hij zegt: 'Dat weet ik toch.'

24.

Dan fietsen we naar huis. Ergens halfweg voel ik de kasseien tot in mijn buik. 'Bas, we hebben een lekke band', zeg ik.

'Zou dat?'

We stoppen. Bas duwt zijn achterband helemaal in. 'Lek', zegt hij. Gelukkig heeft hij zo'n piepklein tasje onder het zadel met wat fietsen-eerstehulp-dingen.

'Jij bent op alles voorbereid', zeg ik.

Bas heeft ondertussen de fiets al ondersteboven gezet en schroeft het achterwiel eraf.

'Ik denk dat jij handig bent', zeg ik tegen zijn gebogen rug. Hij kijkt over zijn schouder. Hij heeft iets in zijn mond zitten. Een ventiel, denk ik.

'Ik moet wel', zegt hij, zonder zijn tanden van elkaar te doen. Er zitten al vegen rond zijn neus en op zijn wang.

'Je moet wel?'

Bas rukt de binnenband uit het wiel. 'Vaderloos', zegt hij.

'Vaderloos?'

'Ik leef alleen met mijn moeder. Ik ben de enige man in huis en dus degene die de klussen opknapt. De vriendjes van mijn moeder hebben meestal twee linkerhanden of ze blijven te kort om te laten zien hoe handig ze zijn.'

'Heeft je moeder… vriendjes?'

Bas kijkt weer over zijn schouder. 'Meestal eentje tegelijk, hoor', zegt hij.

'Oh.'

'Maar nu is het menens', zegt hij, zonder om te kijken. Hij heeft de binnenband in een plas regenwater gedompeld en als hij luchtbellen ziet, heeft hij het lek gevonden. Ik sta hem te bewonderen alsof hij de Titanic en alle opvarenden met zijn tanden op het droge heeft getrokken.

'Hoezo, menens?'

'Ze is nu al een halfjaar met Barry. Het is een record. Dus zijn we verhuisd en wonen we bij hem.'

'Het klinkt alsof je het reuzeleuk vindt', zeg ik, op een erg twijfelachtig toontje. Intussen hoop ik wel dat hij het niet rottig vindt dat ik dat zeg. En ik denk: ik ken hem niet eens. Misschien tref ik hem hiermee tot in het diepste van zijn hart.

Weer kijkt hij over zijn schouder. 'Klaar', zegt hij met zijn mond. Zijn ogen zeggen heel wat anders. Over die Barry en zijn moeder, zo gok ik.

Terwijl hij het wiel weer vastschroeft zeggen we niks. Ik zit in de graskant en kijk naar het zweet op zijn voorhoofd. Als hij klaar is, komt hij naast me zitten. 'Even uitblazen', piept hij. In mijn rugzak heb ik een flesje water. 'Hier', zeg ik. Bas drinkt het voor meer dan de helft leeg, hij kijkt van het flesje naar mijn gezicht en zegt 'Sorry.'

'Nee, jij hebt hard gewerkt. Je verdient het.' Dan zeggen we weer niks.

Bas gaat op zijn ellebogen liggen. 'En jouw verhaal?' vraagt hij.

'Mijn verhaal?' Ik bedenk dat ik de hele tijd zijn woorden herhaal. Dat doe ik anders nooit.

'Jouw verhaal', herhaalt hij. Zo kunnen we nog uren doorgaan.

'Heb ik niet', zeg ik.

'Wel. Iedereen heeft er een.'

'Niet.' Ik ga nu ook op mijn ellebogen liggen. Ik denk: verdorie, ik herhaal niet alleen zijn woorden.

'Waarom zijn jullie in dit gat komen wonen?'

'Mijn vader', zeg ik.

'Wat is er met hem?'

'Hij was ongelukkig. Nu ja, hij was niet zomaar ongelukkig of ongelukkig met ons of zo, maar hij had vroeger, heel erg vroeger, een belangrijke job en die is hij kwijtgeraakt. Dat vond hij eerst zelfs niet zo erg. Hij had er wel zin in om terug in de machinekamer te gaan werken, in overall. Maar later kreeg hij toch spijt. Hij voelde zich mislukt, zei hij. Toen ging hij een andere baan zoeken, waar hij weer een beetje belangrijker zou zijn en die vond hij.'

Bas kijkt schuin naar mijn gezicht. Hij lacht.

'Wat?'

'Je lijkt wel een spraakwaterval!'

'Sorry. Je wilde een verhaal.'

'En die belangrijke job vond hij hier?'

Ik knik.

'Het moet wel een heel belangrijke zijn dat jullie er zoveel voor overhadden', zegt Bas.

'Hij', zeg ik.

'Wat?'

'*Wij* hadden het er niet voor over. *Hij*. Wij waren er heel erg tegen. Vooral mijn zus en ik.'

'Je hebt een zus?'

'Zes jaar ouder dan ik.'

'Valt het erg tegen?' vraagt Bas.

'Nee, ze is wel oké', zeg ik. Ik ga opnieuw gewoon rechtop zitten, met opgetrokken knieën. 'Ze wil wel altijd de computer hebben, maar anders…'

'Nee, hier komen wonen', lacht Bas.

Ik haal mijn schouders op. 'Ach', zeg ik. Ik tuur naar de binnenkant van mijn handen. Dan stop ik er mijn gezicht in.

'Huil je?'

Ik schud mijn hoofd.

'Het is dat ik zoveel moest achterlaten', zeg ik.

'Vrienden?'

Ik knik, nog steeds in mijn handen. Bas komt met zijn schouder tegen de mijne aan zitten. Hij legt er zijn hoofd op. Zijn haar raakt de onderkant van mijn wang en een stukje van mijn kin. Zijn hoofd is warm. Zijn haar voelt een beetje klam van de klus van daarnet.

'Marlowies was mijn beste vriendin', zeg ik.

'Is', zegt Bas.

'Is?'

'Ja, ze is toch niet dood of zo?'

Ik lach. 'Nee, gelukkig niet. Maar toch…'

'Het lijkt alleen maar zo', helpt Bas.

'Weet je, ik zie haar alleen nog op het computerscherm of ik lees alleen maar berichtjes van haar op mijn mobiel. Ik wou dat ze nog een keer voor me stond, begrijp je?'

Bas zucht. Het komt van erg diep. 'Ik begrijp je', zegt hij.

Dan ga ik zo verzitten dat ik hem kan aankijken. Zijn hoofd hangt nog steeds een beetje schuin op zijn nek, omdat ik mijn schouder onder hem uit heb getrokken. Hij zit er een beetje zielig bij.

'Wie mis jij zo erg?' vraag ik.

'Papa', zegt hij.

Ik leg mijn hand op zijn knie. 'Het moet verschrikkelijk zijn als je ouders uit elkaar zijn.'

Bas zegt niks. Hij zit alleen maar wat voor zich uit te staren.

'Maar er zit een meisje in mijn klas, Jolien, en haar ouders zijn ook uit elkaar, maar ze ziet haar vader om de dag. Sommigen zien hun vader soms alleen maar in het weekend en niet eens alle weekends', zeg ik. 'Hoe vaak zie jij je vader?'

'Nooit', zegt Bas.

'Nooit?' Ik denk: hou op met herhalen, trien!

'Nooit', zegt Bas opnieuw.

'Hij woont heel ver weg?' Terwijl ik het vraag, denk ik: natuurlijk, alles is ver van deze plek.

'Best ver', zucht Bas.

'Waar dan?'

'Ze hebben hem uitgestrooid in het water.'

Enkele seconden zit ik hem echt vreemd aan te kijken. Er verschijnt een lichte glimlach op zijn lippen. Ik denk: hij houdt me voor de gek, natuurlijk. Maar ik besef dat hij lacht om mijn gestoorde blik en misschien ook wel omdat ik zo stom ben om niet meteen te begrijpen dat zijn vader dood is. Dus zeg ik het. 'Dood?'

'Dood', knikt Bas.

'Sorry.' Ik knijp eventjes in zijn knie.

'Kun jij toch niks aan doen?'

'Nee, maar…'

'Moest hij maar zo stom niet zijn om bij negen beaufort het water op te gaan', zegt Bas. Hij heeft zijn handen tot vuisten gebald.

'Hoe lang is het geleden?'

'Vier jaar ondertussen. Het scheelde geen haar of ik was meegevaren', zegt hij.

'Hij is ook een zeiler?' vraag ik.

'Was', zegt Bas. 'Hij is dood, weet je nog?' Hij legt zijn hoofd op zijn opgetrokken knieën.

Als ik thuiskom, sprint ik naar papa. Hij vult een kuil in de tuin met zand dat hij heeft gekocht bij een man die dat verkoopt. Iets wat ik niet begrijp. Mijn vader moest betalen voor zand! Nu ja, papa staat met een volle spade over een put gebogen. Ik zeg: 'Papa, laat die spade even los.'

'Wat? Waarom?'

'Papa, spade los.'

Papa doet wat ik zeg. Het scheelt maar weinig of hij steekt zijn handen in de hoogte alsof hij een pistool heeft laten vallen en ik er een op hem richt. Maar ik vlieg hem om de hals en geef hem een zoen, vol op de mond.

'Kindje?' zegt hij.

Ik laat hem los en ga een eindje van hem af staan. Ik besef dat het lijkt alsof ik iets heel ergs ga bekennen. Iets wat ik mispeuterd heb. 'Papa', zeg ik. 'Het spijt me.'

'Wat spijt je?'

'Wat ik vroeger een keer heb gezegd.'

'Wat dan?'

'Toen we nog in het Bietenveld woonden.'

Papa kijkt op een manier van: kindje, toen heb je zoveel gezegd!

'Ik zei een keer…dat jij dan maar in je eentje moest verhuizen.'
Papa staat te knikken.

'Hierheen', zeg ik.

Hij neemt zijn pet af en krabt in zijn haar. 'Dina, dat was ik al helemaal vergeten, hoor.'

Maar ik geloof hem niet. Het was zo gemeen wat ik zei. Dat vergeet je niet zomaar.

'Ik was zo boos op je, papa', zeg ik. Maar papa kijkt me aan alsof ik sta te overdrijven. Dus ik zeg: 'Ik was zo boos dat ik…'

'Wat?'

Dan begin ik te huilen. Ik voel papa's handen op mijn schouder. Er glijdt zand van mijn blote schouders, ik voel het kriebelen over mijn rug, in mijn T-shirt. Ik druk mijn gezicht in zijn overall. Hij ruikt naar natte aarde, naar de wortel van een kerstboom ruikt hij. Ik duw mijn neus nog dieper in zijn kleren. Het maakt niet uit waar hij naar ruikt. Hij is mijn vader.

'Stil maar, meid', sust hij.

Ik duw hem een eind van me af en kijk hem aan. Papa veegt met de palm van zijn linkerhand mijn ogen droog.

'Ik wilde dat je niet *bestond*', snik ik. Papa staat me nog steeds aan te kijken alsof hij vindt dat ik het flink sta op te kloppen.

'Het hoeft…' zegt hij. Maar ik laat hem niet uitspreken.

'Eigenlijk wilde ik dat je dood was, papa', zeg ik. Dan sluit ik mijn ogen. Wat zeg ik toch allemaal?

'Dat meende je niet, Dina', vergoelijkt papa.

Nee, natuurlijk niet, denk ik. Ik weet misschien niet eens wat doodgaan echt is. Ik bedoelde dat ik wou dat hij er niet was omdat hij er dan ook niet voor kon zorgen dat we zoiets verschrikkelijks gingen doen als verhuizen naar de andere kant van het land. Maar, dood… 'De vader van Bas is dood', zeg ik.

'Bas?'

'Laat maar.'

Papa neemt zijn spade van de grond. Hij wriemelt door mijn haar. 'Ik ga maar eens…' Hij wijst naar de kuil.

'Ik hou superveel van je, papa', zeg ik.

'Dat weet ik toch', zegt hij.

'Nooit doodgaan, pap', fluister ik.

'Ik gooi die kuilen dicht, Dina', lacht hij. 'Ik zal ervoor zorgen dat ik netjes boven het zand blijf.'

Hij legt de spade weer op de grond en komt heel dicht bij me staan. 'Kom hier', zegt hij. Ik spring in zijn armen, zoals ik vroeger vaak deed, toen ik zes was of zo. Papa kan zich met moeite rechtop houden, maar het lukt hem wel om me fijn te knuffelen. Hij zet me neer en zegt: 'Niet meer boos dan?'

'Boos om wat?'

'Nou, boos omdat we verhuisd zijn en zo.'

Ik laat mijn schouders hangen. 'Ik vind het nog steeds niet fijn, als je dat bedoelt', zeg ik.

'Dat bedoel ik', zegt papa. 'Sorry, Dina.'

'Het is oké, pap.' Ik neem de spade van de grond en reik hem die aan. 'Laten we niet bij de pakken blijven zitten', zeg ik.

25.

'Hi, Dina!'
   (Marlowies op de chat.)
   'Hoi, Marlo.'
   'Hoe ging het?'
   'Wat?'
   'Je date.'
   'Oh, met Bas. Goed!'
   'Gewoon goed?'
   'Nee, beter eigenlijk.'
   'Hij is dus echt lief?'
   'Liever.'
   'Wat hebben jullie gedaan?'
   'Zandstormpje gespeeld.'
   'Huh?'
   'Laat maar. Gezwommen natuurlijk.'
   'Sexy?'
   'Wat?'
   'Hij. Bas.'
   'Ja, best wel.'
   'Vertel.'
   'Neehee!'
   'Hoe moet het nou met Senne?'
   …
   'Dina?'
   …
   'Hoe bedoel je?'
   'Met Senne. Nu je Bas hebt.'
   'Ik *heb* niemand, hoor.'
   'Jaha!'
   'Maar, echt! Hij is gewoon een knul die hier vlakbij woont.
Senne is *mijn* Senne. Hem heb ik dus wel ;o)'

…
'Marlo?'
'Ja?'
'Stil ineens.'
…

'Ja, sorry. Zat met één oog de brochure van Joleo en Rumia in
te kijken.'
'Oh ja, juist! Sorry, Marlowies. Hoe ging de auditie?'
'Gaaaaaf!'
'Welke rol heb je?'
'Rumia!' (oeps!)
'Echt?'
'Ja!'
'En wie speelt Joleo?'
'Raad eens…'
'Martijntje?'
'Nee. Senne.'
'Neeh!'
'Wel.'
…
'Dina?'

26.

'Ben je nerveus?' vraagt mama.

'Nee, hoor. Waarom zou ik?'

'Je doet zo druk.'

'Ik knip mijn teennagels. Wat is daar nou druk aan?'

Het is ook zo. Ik zit gewoon rustig op een keukenstoel mijn nagels te knippen. Tussen elke teen stop ik een watje, want ik ga ze lichtroze lakken. Dat met die watjes heb ik een keer gezien op de tv. Waarom dat precies zo moet, weet ik niet. Maar Zus doet het ook, dus het zal wel een functie hebben.

'Ga jij je teennagels lakken?' vraagt mama. Ze trekt haar ene wenkbrauw op en spreekt het woord 'lakken' uit alsof het begint met een k. (Haha!)

'Ja, roze', zeg ik.

'Dat is ook voor de eerste keer dan', zegt mama. Ik zie vanuit mijn ooghoeken hoe ze met haar hoofd schudt.

'Voor alles moet er een eerste keer zijn, mams', zeg ik.

'Ietsje minder bijdehand *mag*, jongedame', zegt ze. Ze kijkt over haar schouder. Haar gezicht staat op zal-ik-jou-eens-de-les-spellen.

'Het is lekker weer, mam', zeg ik luchtig. 'Dus ga ik vast de hele tijd met teenslippers rondlopen en dan zijn die roze teennagels wel leuk.' Ik strek mijn ene been en bekijk mijn tenen van op een afstand.

'Nou, geef mij maar puur natuur', zegt mama. 'Als dat glimmend roze het allermooiste was, dan had de goeie God dat wel meteen zo verzonnen.'

Terwijl ik 'degoeiegoddegoeiegod' mompel, hoor ik mama lachen om wat ze zelf heeft gezegd. 'Jij wilt straks gewoon een erg goeie indruk maken bij de Klapperbeekjes', zegt ze. (Even uitleggen: de familie griezelfilm van hier schuin tegenover heet Klapperbeek en vandaag is het woensdag en ga ik voor het eerst acteerlessen geven, hier in onze garage, vandaar.)

'Pff', doe ik. 'Waarom zou ik?'

'Nou, je bent straks wel de lesgeefster van dienst. Je zult wel trots zijn.'

Ik weet het niet, maar mij lijkt het of mama flink met me aan het spotten is. Ik denk: meespelen. 'Roze teennagels hebben niks met acteerlessen te maken, hoor', zeg ik.

'Nou, Barcelona Ritz, die actrice die elke week op de cover van de *Glossy* staat, vindt van wel, geloof ik', zegt mama.

'Ma-ams', zeg ik. 'Die Barcelona Ritz is gewoon een mediameid die een paar flutrolletjes in goedkope Amerikaanse films heeft gespeeld. Dat is iets heel anders dan een actrice, hoor.'

'Groot gelijk!' roept Zus, die net de keuken binnenkomt. 'Waar gaat het eigenlijk over?' vraagt ze.

'Roze teennagels', zegt mama.

'Gaaf', zegt Zus.

'Dank je', zeg ik.

'Vandaag de grote dag, zussie?' zegt Zus.

Ik haal mijn schouders op. 'Het is heus niet zo belangrijk, hoor', zeg ik.

'Nee, dat is zo', hapt Zus.

'Zus,' zegt mama, 'steun je kleine...'

'Mam!'

'Eh, je zus een beetje.'

Zus gooit haar handen in de hoogte. 'Hé, ik zeg net dat het vandaag de grote dag is! En dat meende ik.'

'Echt?' vraag ik.

'Echt', zegt Zus. 'Jij hebt tenminste iets omhanden hier. Ik verveel me bewusteloos in dit gat.'

'Zu-us', zingt mama. 'We gaan daar toch weer niet over zeuren.'

'Mama, het is zo. Hier is niks, nul, noppes te beleven. Ik VERLANG naar school!'

'Dat is ook voor het eerst', zegt mama.

'Er moet voor alles een eerste keer zijn', zegt Zus.

Mama slaat haar hoofd achterover. 'Jij ook al!'

Op mijn hielen loop ik de keuken uit.

'Waar ga je heen?' vraagt mama.

'De garage. Beetje inrichten voor straks.'

'Wacht toch tot je tenen droog zijn.'

'Geen tijd te verliezen', zeg ik.

'Wacht, ik ga mee', roept Zus.

Dus gaan we samen naar de garage. Zus rijdt de auto naar buiten, want ze oefent voor haar rijbewijs. Ik klap wat tuinstoelen uit en zet het schoolbord dat ik ooit een keer kreeg van de Sint tegen de muur.

Als Zus de auto op de oprit heeft gezet, zegt ze dat ik wat toneelaffiches moet ophangen. Ze wijst naar de lege, lelijke muren en de metalen stellingkast.

'Ik heb er geen', zeg ik.

'Ik wel', zegt Zus. Haar kamer in ons vroegere huis hing er vol mee. Van alle toneelstukken waar ze ooit in meespeelde, heeft ze de affiche keurig ingelijst.

'Ze zitten nog steeds in een verhuisdoos', zegt Zus. 'Als we ze nu even hier ophangen, raken ze vast sneller in mijn kamer.'

Ik kijk haar superachterdochtig aan.

'Wat?'

'Meen je dat?'

'Ja, natuurlijk.'

'Je bent de allerliefste zus!' gil ik.

'Je hebt er maar één, kip', zegt ze.

Zus haast zich de garage uit. Twee minuten later sleept ze de kartonnen doos door het deurgat.

We zetten wat lijsten op de grond, tegen de linkermuur. We hangen er een paar aan haken tegen de stellingkast aan de overkant. Zo zijn de werkspullen van papa en de blikken met restjes verf wat bedekt en lijkt het hier haast echt een toneelklasje. Er zitten ook nog wat affiches in kartonnen kokers. Die plakken we tegen de wand achter het kleine schoolbord. Dan staan Zus en ik met open mond rond te kijken. 'Het is echt gezellig, Dien', zegt Zus.

27.

Om klokslag twee uur gaat de bel.

Het zijn Sien en Mien en hun ouders, Lea en Ferdinand. Ook oom Frans is erbij.

'Kijk', roepen de meisjes uit. Ze wijzen naar hun borst, waarop ze hun namen hebben gespeld.

'Dat is handig!' roep ik enthousiast. 'Maar jullie houden me toch niet voor de gek, hè?' Ze kijken me niet-begrijpend aan. Ik knipoog een keer, maar ze blijven verward kijken.

'Nee, meiden', zegt hun moeder. 'Niet doen.'

'Maar het klopt, hoor', zeggen ze in koor. 'Ik ben echt Mien', zegt Mien. Ze wijst naar haar naambordje. 'En ik ben echt Sien', zegt Sien.

'Mien, bewijzen', zegt Lea. Ze klinkt alsof ze dat gedoe met die namen en persoonsverwisselingen flink zat is.

'Sorry', piep ik.

Waarop Mien haar schouders ophaalt, dat het niet geeft, en zich omdraait en haar rug toont. 'Ziezo', zegt ze. Dan gaat ze weer rechtop staan en trekt haar T-shirt naar omlaag.

'Wacht eens even', zegt haar moeder. 'Toon me je rug nog een keer, meid.' Mien doet wat haar moeder zegt.

Ik denk: gelooft ze het nou nog niet?

Lea staat de vlek van Mien van heel dichtbij te bestuderen. Ook Ferdinand is erbij komen staan.

Mama komt net de gang in. 'Is er wat?' vraagt ze. Ook zij bekijkt de rug van Mien.

'Je hebt gebloed, kind', zegt Lea.

'God, niet weer', zegt Ferdinand.

'Lieve deugd', zegt mama. Ik zie haar alvast rondkijken of de draagbare telefoon niet in de gang ligt om er de ziekenauto mee te bellen.

'Nee, geen punt, hoor', zegt Lea. 'Maar we moeten dat toch in de gaten houden. Die vlek wordt steeds groter en verkleurt. Dat is niet goed, zegt de dokter.'

'Nee, dat is zo', zegt mama. 'Daar moet je mee opletten.'

'We zijn het gewend', zegt Ferdinand. 'Ze heeft er al eens eentje moeten laten weghalen toen ze zes was.' Hij klinkt haast trots, Ferdinand. 'Het ding was goedaardig, hoor. Daar niet van.'

Ik zie mama erg bezorgd kijken. Ferdinand ziet het ook. Hij moet erom lachen. 'Ze heeft het van haar moeder. Niet, Lea?' Hij stompt Lea op de rug.

'Klopt', zegt ze. 'Als jonge meid stond ik vol onrustige moedervlekken.'

'Onrustige moedervlekken?' zeg ik.

'Die zijn zoals gewone moedervlekken, maar ze zijn wat grilliger van vorm en wat dikker. Maar als mijn moeder bang was dat zo'n vlek een melanoom was, lieten we die weghalen. Gewoon, voor de zekerheid.'

'Weghalen?' zeggen mama en ik in koor.

'Ja', zegt Lea. 'Met een mes. Dan halen ze die vlek eruit en meestal ook nog wat vlees in de buurt ervan, voor het geval het toch een kwaadaardig melanoom was.'

'Je zou haar bloot moeten zien', zegt Ferdinand.

Frans lacht.

'Ze heeft meer kraters dan de maan!' zegt Ferdinand. Hij vindt het zelf supergrappig. Lea ook. 'Die Ferdi', zegt ze. Waarop Mien haar T-shirt fatsoeneert. 'Beginnen we?' vraagt ze aan mij.

'Komen er nog mensen?' vraag ik aan Ferdinand, want hij heeft de inschrijvingen bijgehouden.

'Wacht maar af', zegt hij.

Op dat moment gaat de bel weer. Ferdinand doet open alsof hij hier thuis is. Ik zie mama wat nerveus naar hem kijken.

Ik schrik me rot. De twee bikini's staan aan de deur. 'Hellow!' roepen ze. 'We komen voor de acteerlessen.' Ik denk: oh nee, twee keer Barcelona Ritz! Bas is er ook bij. Hij steekt zijn duim naar me op. 'Hier heb ik voor gezorgd', wil dat zeggen.

'Hé, Bas', zeg ik. 'Kom er toch in.' Ook de twee meiden voelen zich blijkbaar aangesproken als ik Bas zeg.

Ferdinand zet wat stappen achteruit. De bikini's geven me een zoen op de wang. 'Ik ben Steffie', zegt de blonde. 'En ik Charlotte', zegt de zwartharige.

'Mama, maak je snel naamkaartjes?' roep ik.

'Doe ik', antwoordt ze. Ze verdwijnt in de keuken om papier en een stift te gaan halen.

De deur is nog maar net weer dicht of de bel gaat opnieuw.

'Nog volk!' roept Ferdinand. Hij opent de deur. Ik zie niet meteen wie er is, want Ferdinand is nogal breed uitgevallen. 'Kom erin', knalt het uit zijn mond. En tegen Lea: 'Wat een succes, hè!'

Het zijn Hamid en Sharbat! De Afghanen van schuin tegenover ons. 'We willen leren acteren', zegt Sharbat.

'Leuk!' roep ik uit.

Ferdinand geeft me een schouderklopje.

'Ja, dat heb je goed geregeld, Ferdi', zeg ik.

Zo zit ik later met tien studenten in de acteergarage. Bas, Charlotte, Steffie, Mien, Sien, Ferdinand, Lea, oom Frans, Hamid en Sharbat.

Zus heeft de eerste tien minuutjes mee gevolgd, maar is dan stilletjes verdwenen. Maar goed ook, want ze maakte me zo zenuwachtig. 'Wil je niet…' zei ik nog, toen ze vertrok. Ze fluisterde dat ze visite kreeg. 'Michiel?' vroeg ik. Ze knipoogde. Ja, dus.

Eerst doen we wat opwarmingsoefeningen. We staan met zijn allen in een cirkel. Ter kennismaking moeten we steeds iemand anders aanwijzen en onmiddellijk de naam erbij zeggen. Als je naam is genoemd, ben jij aan de beurt. Het is een absurd makkelijke oefening, maar het helpt wel om snel de naamkaartjes weg te werken. Bij Hamid en Sharbat is het moeilijk. Vooral Steffie en Charlotte krijgen die twee Afghaanse namen maar niet in hun bolletje. Soms zeggen ze Sharmid of Harmat. Ik bedoel, ze halen de namen helemaal door elkaar. Steffie zei net nog Hangmat, toen ze Sharbat moest zeggen. Iedereen lachte. Ook Sharbat en Hamid vonden het lollig. Die twee zijn zo lief!

Omdat een stem niet uit je keel, maar wel vanuit je buik moet komen, controleer ik bij iedereen of dat het geval is. De leerlingen spreken langgerekte klinkers uit en ik kom dan voelen aan hun buik. Oom Frans moet zo hard lachen om mijn hand op zijn buik dat hij de letters niet gewoon zegt, maar schudt. Waarop iedereen in een deuk ligt, natuurlijk. Ik zeg dat ze wel ernstig moeten blijven. Daar is iedereen het roerend mee eens. 'Aaaaaaa', doet iedereen. Waarop Ferdinand iets over zijn laatste doktersbezoek zegt en weer iedereen begint te lachen. Lea geeft Ferdinand een stomp in de ribben. Hij veinst dat hij door de knieën gaat. Het is goed geacteerd, met een bloeddoorlopen kop en zijn tong uit zijn mond, maar ik zeg zo streng ik kan dat het nu niet hoeft. 'Eeeeeee', doet iedereen. Ik vind het supereng om de buik van Steffie en Charlotte aan te raken. Ik vind het vreemd dat ze dat zo makkelijk toelaten. Ik bedoel, dat zou je niet verwachten van dat soort meiden. Bij Bas voel ik dat hij zijn buikspieren voor me opspant. 'Uitslover', fluister ik. (Eindelijk krijg ik de kans!) Bij Hamid komt de stem echt helemaal uit zijn keel. 'Niet doen, Hamid', zeg ik. 'Blaas je buik een beetje op. Ontzie je keel.' Hij probeert te doen wat ik vraag, maar het lukt niet. Op den duur lijkt het alsof hij klanken boert. (Iedereen lacht.) Ik doe voor hoe het moet. 'Iiiiiii.' Ik wijs naar mijn buik, dat Hamid die moet aanraken. Het kereltje wordt knalrood! Iedereen vindt hem zo lief dat ik verwacht dat ze straks zullen vechten om wie hem mee naar huis mag nemen.

Dan gaan we ons lichaam een beetje losgooien. Ik zeg: 'Acteren is sport!' Charlotte zegt dat ik overdrijf.

'Topsport', zeg ik.

'Kom zeg! Ooit al op topniveau gesurft?' vraagt Steffie.

Ik kijk eventjes schuin naar Bas. Ik denk: laten we het niet over surfen hebben, want dat is op het water en dat doet hem misschien aan zijn vader denken die erin uitgestrooid werd.

Bas is zijn armen al aan het losschudden. Hij gaat er helemaal in op.

Ik doe met dat schudden mee en de tweeling volgt onmiddellijk. Het duurt geen vijf seconden of iedereen staat met zijn armen te schudden alsof ze onder de mieren zitten.

'Als je anderhalf uur op het toneel staat,' zeg ik, 'dan kan je conditie maar beter op peil zijn.'

Ik zie oom Frans naar zijn eigen buik kijken. Die schudt de hele tijd mee met zijn armen.

'Je kunt maar beter een beetje op je voeding letten ook', zeg ik. Frans kijkt me verschrikt aan. 'Echt?' vraagt hij.

'Echt', zeg ik. 'Nu de benen een beetje losschudden, mensen', zeg ik. Het is een feest om te zien hoe iedereen meteen doet wat ik zeg. Lesgeven is top!

Na tien minuten zweten zeg ik: 'Dat was de opwarming.' Iedereen zakt neer op de grond. Frans grijpt naar zijn hart. 'Ik dacht dat we aan theater gingen doen', hijgt hij.

Nu mag de groep gaan zitten, maar dan netjes met een kaarsrechte rug. 'Moeten we ons daarvoor opwarmen?' zeurt Steffie. Ze heeft gelijk natuurlijk, maar dat laat ik niet merken. 'De opwarming was ter illustratie', zeg ik. 'Normaal gezien, als we echt een stuk zouden repeteren of spelen, zouden we nu aan het echte werk beginnen. Maar het is initiatie', zeg ik. 'Jullie moeten van alles op de hoogte zijn. Alles alvast een beetje proeven. De opwarming hebben we dus gehad.'

'Oh ja, natuurlijk', zegt Steffie.

'We gaan wat uitdrukkingen oefenen', zeg ik.

'Goed plan!' zegt Ferdinand. 'Wat bedoel je eigenlijk?'

Weer iedereen in een deuk natuurlijk.

'Als acteur is het belangrijk om gemoedstoestanden, gevoelens, goed te kunnen uitbeelden.'

Mien steekt haar vinger op. 'Juffrouw?'

Hup, iedereen aan het lachen. 'Juffrouw!' schuddebuikt Frans.

'Zeg het maar, Mien.'

'Kunt u een voorbeeld geven?' vraagt ze.

'Boos', zeg ik. 'En blij.'

Mien knikt. Ze snapt het.

'Verdrietig', zegt Bas. (Zou hij er iets mee bedoelen?)

'Gemeen', zegt Lea.

'Bloeddorstig', zegt Ferdinand.

'Zelfverzekerd', zegt Charlotte.

'Verliefd', zegt Bas. (Zou hij er iets…)

'Goed, goed', zeg ik.

Eerst laat ik iedereen op hetzelfde moment reageren op een gemoedstoestand die ik aangeef.

'Gelukkig!' roep ik. Ik word meteen door tien gelukkige mensen aangekeken.

'Trots!' Evenveel trotse hoofden kijken me aan. Ik vind dit zo leuk! Ferdinand zou ik een knuffel willen geven. Het is door hem dat ik dit mag doen. Eerst vond ik het een raar idee, maar nu vind ik het geweldig.

Mama komt door een kier van de garagedeur piepen. Ze glimlacht. Zo breed zag ik het nog nooit bij haar sinds we hier wonen. Ik steek mijn duim naar haar op. Ze heeft tranen in haar ogen, mama.

We zitten met zijn allen op dekens. We hebben met bewondering naar Sien gekeken die ons liet zien hoe ze van blij naar verdrietig gaat, alleen met haar gezicht. Sien is een talent. Meer dan haar zus. Het is nu ineens duidelijk wie wie is. Mien lijkt vaak afwezig. Ze is dicht bij Lea gaan zitten omdat ze moe is.

'Ik begrijp het, kindje', zegt Lea. Ze heeft Mien in haar armen gelegd. Die lijkt ineens maar zes of zo.

'We moeten afsluiten met een groepsknuffel', zegt Charlotte. Eerst zit iedereen een beetje onwennig naar elkaar te kijken. Zo van: ja, zou dat?

We zijn op de mat gaan zitten. Iedereen wacht op mij. Tot ik het zeg.

'Groepsknuffel.'

We sluiten met zijn allen iedereen in onze armen. We zijn een grote bol vrienden, zo lijkt het. We zitten al dertig tellen allemaal dicht tegen elkaar aan. Niemand is los. Iedereen raakt iemand aan. De hand van Bas ligt op mijn schouder. Ik hoef het niet eens zeker te weten om er zeker van te zijn. Hij knijpt een beetje.

Veertig tellen. Ik denk: volgende keer moeten we kaarsen branden. En: zo stil is het vast nog nooit, nergens geweest. Zou iedereen de hele tijd, net als ik, wat zitten denken? Ik gluur door mijn wimpers. Iedereen heeft zijn ogen dicht. Ergens in de lucht klinkt een ver gezoem. Zou dat er altijd zijn?

'Surprise!!!' klinkt het ineens. De garagedeur zwaait open. Ik denk: nee, Zus!

Alsof we betrapt worden, laten we elkaar los, schiet iedereen van ons een andere kant op. Ik kijk over mijn schouder en zet alvast het boze gezicht op wat mijn zus dubbel en dik verdient. Dan schrik ik me rot. Ik zie Zus en haar Michiel. Maar ook Marlowies en Martijn. En mijn Senne. 'Surprise!'

28.

Bij de open garagepoort omhels ik Lea en geef ik Ferdinand een dikke zoen op de wang. Ik knuffel Sien en Mien. Charlotte en Steffie zeggen dat het erg fijn was en dat ze volgende woensdag beslist terugkomen. Bas aait mijn rug, geeft een zoen op mijn wang. 'Dit was zalig, Dien', zegt hij. Een knipoog nog en ook hij loopt naar zijn fiets. Oom Frans vraagt nog of ik een dieet ken voor acteurs. 'Ik snor er eentje op', zeg ik. Hij zwaait en gaat weg. Marlo, Martijn en Senne staan naar me te kijken alsof ik buitenaardse wezens vaarwel zeg. Senne heeft een kronkel in zijn voorhoofd.

'Wat is er?'

'Nou, niks.'

'Hé, Dina, hier zijn we dan', zegt Marlowies. Ze kijkt me aan alsof ze denkt dat ik het allemaal nog niet goed besef. En, hé, dat is ook zo! Ze omhelst me. En, echt, dan pas besef ik dat ze hier is. Marlo! Ik denk: ik laat haar nooit of nooit meer los. Over haar schouder kijk ik door de openstaande garagepoort de avond in. Bas is nog niet weg. Hij zit gehurkt bij zijn fiets. Ik zie hem op de achterband duwen. Dan gaat hij staan en schopt ertegen. Hij loopt weg met de fiets aan zijn hand. Hij stopt zijn andere hand in zijn zak. Als hij bijna de straat uit is, kijkt hij nog een keer achterom. Marlowies' hand aait mijn rug. Dan voel ik nog een hand. Die van Senne. Ik sluit de garagepoort.

'Het is wel een mooi huis, hoor', zegt Marlowies. Ze heeft haar arm om me heen als we van de garage naar de keuken lopen.

'Vind je?'

'Ja, echt', zegt Martijn. 'Het lijkt me heel leuk om hier te wonen.' Hij bekijkt het gangetje tussen de garage en de keuken van onder tot boven. Hij draait zelfs, al lopend, even om zijn as om een beeld van driehonderdzestig graden te vangen. Ik denk: doe normaal!

'Je wordt het hier vlug gewend, Dina', fluistert Senne tegen mijn haar. Hij geeft een zoentje op mijn hoofd.

'Moet je die keuken zien!' gilt Marlowies ineens. Ze gaat bij de spoelbak staan en aait het afdruiprekje. Ze voelt aan het marmeren aanrechtblad alsof ze zoiets nog nooit heeft gezien. 'Een espressomachine!' roept ze uit.

'Dat is gewoon een koffiezetapparaat, Marlo', zeg ik. 'Je kunt er wel van die pads in stoppen zodat je ook maar een enkel kopje kunt maken. En, o ja, je kunt er ook melk mee aan het schuimen krijgen.'

Ze wijst naar het stangetje onderaan. 'Hiermee?'

Ik knik.

'Jullie hebben twee ovens?' vraagt Senne.

'Nee, die ene is een microgolf, alleen is die wat groot uitgevallen. Het ding onderaan is de oven.'

'Heteluchtoven?' vraagt Marlowies.

Ik denk: hebben jullie met zijn allen een damesblad gelezen? Het is ook erg raar dat ze zo nerveus doen en harder praten dan nodig is. De hele tijd kijken ze onrustig in het rond. Ik word er kriebelig van.

Ik zeg: 'Wat leuk dat jullie langskomen.'

'Ja, hè?' straalt Marlowies. Ze geeft haast warmte.

'Kom hier', zeg ik. Ik sluit haar nog een keer in mijn armen. Als ik haar losgelaten heb, neemt ze mijn beide schouders beet en kijkt me diep in de ogen. 'We hebben een plan', fluistert ze. Ze kijkt eventjes naar de keukendeur achter me. Ik denk om te checken of mama niet ineens binnenkomt of zo.

'Een plan?'

Ze knikt langzaam, terwijl ze me blijft aankijken. Het lijkt wel alsof ze me probeert te hypnotiseren. 'Het is allemaal veel te oneerlijk', zegt ze.

'We willen je terug, Dien', zegt Senne.

'Precies', zegt Martijn.

'Wat is er oneerlijk?' Ik ga op een keukenstoel zitten en bekijk mijn vrienden een voor een. Wat zien ze er strijdlustig uit! Senne zet zijn stoerste borst op, Marlowies heeft gebalde vuisten en kijkt me nog steeds gestoord diep in de ogen. Martijn loopt zenuwachtig heen en weer over de mat bij het aanrecht. Ik denk: buiten liggen hun camouflagekleren, helmen en geweren klaar.

'Wat doen jullie raar', zeg ik.

'Raar?' herhaalt Marlo. 'Raar?'

'We willen je hier weg, Dina!'

'Sst', doet Senne.

'Ja, niet zo hard', zegt Martijn. Hij doet het haast in zijn broek.

'Maar…' doe ik.

'Niks maar, meisje. We moeten dit doen.'

'Voor jou', zegt Senne.

'Precies', zegt Martijn. Hij wijst me aan. 'Voor jou.'

'Maar ook voor ons', kirt Marlowies. 'We missen je zo!'

'Zo lief!' roep ik uit. 'Maar…'

'Maar wat?' Marlowies gooit haar handen in de lucht. 'Het is een gemene streek, Dina. We hebben er eens goed over nagedacht en we besloten dit: je bent ontvoerd!'

'Marlo, denk je nou niet…'

'Ze hebben je van ons afgepakt!'

'En we pakken je terug', klakt Martijn. Hij wrijft een keer over het werkblad van het aanrecht. Ik begrijp voor geen meter waarom.

'Ontvoerd…' zeg ik.

'Ontvoerd!' zegt Marlowies. Maar de oe spreekt ze heel lang uit, met haar ogen zo ver opengesperd dat het er gevaarlijk uitziet.

'We hebben gebeld', zegt Senne ineens.

'Precies', zegt Martijn.

'Met?'

'Met de KROVOL.'

'De wat? KROVOL?'

'De Kinderrechtenorganisatie Van Ons Land', zegt Marlo. Ze werpt me een blik toe alsof ik het domste wicht ter wereld ben.

'Nee!'

'Wel!'

'Die mevrouw aan de telefoon zei dat alleen al hierheen verhuizen een misdaad was', zegt Senne.

'En al helemaal als het onder dwang is gebeurd', voegt Marlowies er nog aan toe.

'Onder dwang?' piep ik. Ik geloof niet wat ik hoor. 'Als mijn ouders verhuizen, kan ik het hen toch niet verbieden of zo? Ik ben een kind, hoor.'

'Daarom belden wij dus naar de KROVOL', zegt Marlo met opgetrokken neus.

'Gaan die mensen van de…'

'KROVOL', helpt Martijn.

'Van de KROVOL hierheen komen en praten met mijn ouders?' Ik denk: papa krijgt iets aan zijn hart!

'Nee', zegt Marlowies. 'Ze zeiden dat er niks aan te doen is, want je bent een kind.'

'Precies', zegt Martijn.

Ik gooi mijn handen in de lucht. 'Kom zeg, vrienden…'

'En toch is het een misdaad', zegt Senne. 'We hebben dus een plan om jou hier weg te krijgen zonder dat je ouders naar de politie stappen of zo. Iets wat wel kan zonder dat…'

Marlowies snoert Senne de mond. 'We hebben naar de UPVAK gebeld.'

'De wat?'

'UPVAK. Uitwisselingsprojecten Voor Artistieke Kinderen.'

'Marlo!'

'We kunnen een dossier laten opmaken waaruit blijkt dat we jou erg nodig hebben in onze theatergroep. En dan mag je bij een van ons wonen. Het enige wat we nodig hebben is een handtekening van jou, je ouders, het schoolhoofd en de afgevaardigde van de minister van Cultuurbeleid of de minister zelf. Maar Sennes moeder kent iemand en die heeft ooit nog in de klas gezeten bij…'

'Marlo!' Ik schud haar door elkaar. Ze kijkt me totaal niet-begrijpend aan. 'Hou toch op!'

'Met wat?'

'Met… dit!'

'Maar…'

'Nee, er is niks aan te doen, Marlo.' Ik kijk naar Senne. 'Senne', zeg ik. 'Sorry.'

Het lijkt of ze allemaal tegelijk uit het stopcontact getrokken worden. Hun schouders gaan hangen. Hun hele lijf gaat hangen. Senne wordt ineens een hoofd kleiner. Ze kijken alsof… alsof er iemand dood is!

'Ik dacht dat jullie me niet zo misten?' zeg ik.

Ineens weer die stekker erin. 'Niet zo misten?!' tiert Marlowies.

'Wat zeg jij nou!' klaagt Martijn.

'Jullie bleven steeds vaker weg van de chat en ik kreeg steeds minder berichten op mijn mobiel. Dus ik dacht…'

'Dat was omdat wij zo druk waren met…'

'Joleo en Rumia?'

'Nee', zegt Marlowies.

'Ja, ook, natuurlijk', zegt Senne.

'Maar ook omdat we een plan beraamden om jou…' Marlowies slaat haar hoofd achterover. Ze vloekt zelfs! 'We dachten dat je dit goed zou vinden, Dien!'

'Ik vind het ook goed, maar…'

'Niet goed genoeg', zegt Senne.

Ineens gaat de keukendeur open. Ik schrik me rot. Charlotte en Steffie. 'De garage was nog open', zegt Charlotte.

'Oh.'

Ik kijk vanuit mijn ooghoeken naar Marlo, Martijn en Senne. Die kijken natuurlijk naar Charlotte en Steffie. Alsof we het grootste geheim ter wereld aan het bekennen waren en dat er ineens iemand binnenkomt, weet je wel.

'We hebben geen nummers uitgewisseld', zegt Steffie. Ze heeft haar mobiel al klaar en haar duimen hangen boven de toetsen.

Charlotte precies hetzelfde.

'Oh, natuurlijk', zeg ik. Ik zeg mijn nummer. De meiden toetsen alsof er heel wat van afhangt.

Steffie zegt: 'Dan sturen wij je straks een bericht.'

'Ja?'

'Dan heb jij ons nummer natuurlijk. Aju!'

'Aju', zeg ik. En ze verdwijnen door de keukendeur.

29.

Niet goed genoeg.

Het zinnetje blijft als een tennisbal tussen twee spelers door mijn hoofd kaatsen. Ik slenter achter Marlo, Martijn en Senne aan, van de keuken naar de woonkamer. Zus zit er met Michiel op de bank. Wat zeg ik, ze liggen in elkaar verstrengeld als een snoer kerstverlichting dat van ver in een doos geflikkerd werd. Mama en papa zijn natuurlijk nergens te bekennen, want die vinden deze Zus-en-Michiel-houding supergênant.

Ik schenk mijn vrienden wat te drinken in en kieper chips in een bak. Dan zitten we met zijn vieren rond de eettafel. Eerst zeggen we echt een hele tijd niks. Senne drinkt een keer van zijn cola. Marlowies grijpt in de chips en stopt er een half handje van in haar wangen en Martijn gluurt naar Zus en Michiel.

'Dus je hebt het hier best naar je zin', zegt Marlowies ineens.

Ik weet niet meteen wat ik moet zeggen.

'Naar mijn zin', mompel ik.

'Best', zegt Senne.

'Ze is de queen van de wijk', roept Zus. Ze giechelt, maar dat is omdat Michiel vast weer iets raars zit te doen.

'Zo', zegt Marlo. 'De queen van de wijk.' Ze kijkt me met een schuin hoofd aan.

'Nou', doe ik.

'Ze geeft dramalessen', roept Zus boven de rug van de bank uit. Ik denk: waar bemoeit ze zich mee?

'Zo, dramalessen', zegt Marlowies.

'Ja', zeg ik. 'Hiertegenover wonen twee meisjes…'

Marlowies luistert niet eens. 'Ja', zegt ze. 'Je vond het wel erg dramatisch toen je hier kwam wonen.'

'In het begin toch', zegt Senne.

'Nee, nu heeft Dina het reuze naar haar zin', zegt Marlo. Ze zit de hele tijd haar mobieltje open en dicht te klappen.

'Hou ermee op!' roep ik.

Iedereen schrikt. Zus komt zelf boven de bank uit kijken. Marlowies gooit van de schrik haar telefoon in het midden van de tafel. Ze zitten me allemaal verbaasd aan te staren.

'Sorry dat het allemaal ietsje beter is gelopen dan ik had gedacht', zeg ik. 'Als ik geweten had dat jullie zouden langskomen, had ik zeker geprobeerd om nog ietsje langer ongelukkig te zijn, want ik wil jullie absoluut niet tot last zijn met mijn geluk!' Ik schuif met mijn kont mijn stoel achteruit en ga staan. 'Jullie zijn alleen maar blij als ik het niet ben.' Ik loop weg. Bij de keukendeur draai ik me nog een keer om. En ik denk, een halve seconde of misschien nog korter: doe nou maar niet. Je maakt het al bont genoeg. Toch gaat mijn mond open en is het dit wat eruit komt: 'Wat heb ik aan zulke vrienden?!' Dan zie ik mezelf de trap oplopen, mijn kamerdeur opengooien en hard achter me dichtslaan en met mijn hoofd in mijn kussen op bed gaan liggen. Echt, het is alsof ik boven mezelf vlieg en alles van op een afstand zie gebeuren. Alsof ik nergens nog vat op heb en zoveel aan het kwijtraken ben dat ik ook mezelf heb losgelaten. Of zo.

30.

'Hé, Dina', hoor ik achter mijn slaapkamerdeur. Het is minstens een uur later. Ik heb geslapen. Misschien is het al een volgende dag.

'Marlo?' roep ik terug.

'Nee, ik.'

Zus.

'Mag ik?'

'Ja.'

Zus steekt haar hoofd naar binnen. 'Gaat het?'

'Waar zijn ze?'

'Marlowies en zo?'

'Ja.'

'Ze zijn weggegaan', zegt Zus. 'Een halfuurtje geleden. Vlak nadat Marlowies naar je kamer kwam. Hebben jullie nog wat...' Zus schuift haar hele lijf door de kier in de deur.

'Wat?' Ik ga rechtop zitten.

'Nadat Marlo hier nog gedag kwam zeggen, zijn ze weggereden. Michiel moet morgen erg vroeg op.'

Ik ga weer liggen. 'Hier is niemand geweest.'

'Nee?'

'Nee.'

'Ik dacht dat Marlo...'

'Nee.'

'Sorry.'

'Jij kunt er niks aan doen. En Senne?' vraag ik.

'Wat?' vraagt Zus. 'Wat, met Senne?'

'Zei hij nog iets?'

'Nee. Marlowies... Laat maar.'

'Nee, wat? Wat, Marlowies?'

'Ze zei dat je je niet zo lekker voelde en niemand meer wilde zien. Dat je wel zou bellen', zegt Zus. Ze slaat haar ogen neer. 'Ik dacht al dat het raar was. Helemaal niet jij.'

'Ze is boos, natuurlijk', zeg ik.

'Marlowies?'

Ik knik. 'Iedereen.'

'Je was wel… hard', zegt Zus voorzichtig.

Ik zwijg.

'Maar je had gelijk.' Zus komt op de rand van mijn bed zitten. Het is voor het eerst sinds we hier wonen dat we dat doen. 'Je leek wel onderworpen aan een kruisverhoor', zegt ze.

'Alsof ze het me niet gunnen dat ik al wat nieuwe vrienden heb gemaakt.'

'Heb je dat, denk je?' vraagt Zus.

'Wat?'

'Nou, vrienden gemaakt. Ik bedoel: denk je dat de tweeling en die leuke knul… hoe heet hij?'

Ik moet lachen. 'Grasman', zeg ik.

'Grasman?'

'Nee, Bas.'

'Oh. Wel, denk je dat het *al* vrienden zijn? Lijkt me zo snel.'

'Weet ik veel, Zus. Wat zijn vrienden eigenlijk?'

Zus haalt haar schouders op.

'Niet het drietal dat net nog rond onze keukentafel zat', zeg ik.

'Jawel, Dien.'

'Niet.'

'Ze kwamen toch met zijn allen…' zegt Zus.

Maar ik neem haar de rest van de zin af. Ik ga rechtop zitten en zeg: '… kijken of ik nog ongelukkig was.'

31.

Als Zus weg is, zit ik nog een hele tijd op mijn kamer. Ik luister wat naar muziek. Ik praat met Liezelot, maar dat ding zegt natuurlijk niks terug. Dan schrijf ik nog wat in mijn dagboek.

Na een uurtje of wat komt mama op mijn kamer.

'Wat is er?'

Ik vertel haar wat er gebeurd is met mijn verre vrienden van niks, maar ze zegt dat ze het al weet van Zus.

'En nu?' vraagt ze.

'Niks. Nu', zeg ik.

'Laat de boel maar even de boel', zegt mama.

'Wat bedoel je daarmee?'

'Gewoon, laat het allemaal maar wat rusten. Focus je wat meer op hier en nu.'

'Ben ik van plan.'

'Het ging goed met je eerste les, hè?' zegt mama. Ze straalt. Iets wat ik zou moeten doen.

Ik knik. 'Erg goed.' Dan vertel ik haar alles over die eerste les en tot drie keer toe liggen we in een deuk om dingen die Ferdinand en oom Frans hebben gezegd.

'Goed zo', zegt mama. Ze legt haar hand op mijn schouder. 'Goed, kindje.'

'Wat, goed?'

'Je bent aan het loslaten', zegt ze. 'Goed.'

32.

Op algemeen verzoek is er nu ook les op zaterdagochtend. Ferdinand is het me komen zeggen: 'Een hele week ertussen vindt iedereen veel te lang.' En omdat ik aan het loslaten ben, vind ik het allemaal best. Nu ja, *best.* Al dagen geen sms'je van Marlowies en Martijn gezien. Zelfs niet van Senne. Geen mens op de chat, niks! Ik ben dus blijkbaar niet de enige die aan het loslaten is. Begrijp me niet verkeerd. Het doet flink zeer. Maar Sien en Mien, Charlotte en Steffie, Ferdinand en Lea, Hamid en Sharbat, oom Frans, Bas en de lessen, twee keer per week, leiden me voldoende af.

Ondertussen lezen we elkaar stukken tekst voor, waarbij ik dan op de uitspraak let en vanwaar hun stem komt en de houding die ze aannemen. We lazen al een flard *Romeo en Julia* (de echte, oorspronkelijke tekst en niet een of andere absurde bewerking zoals ze die aan de andere kant van het land spelen!), *Tramlijn Begeerte* (een klassiek stuk waar Zus een keer een erg mooie rol in had) en *Summertime blues,* een romantische toneeltekst die de beste vriendin van Zus geschreven heeft en die ik dolgraag een keer wil spelen. Wie weet doen we het ooit hier met al mijn nieuwe vrienden.

Lea is er niet. Ze is met Mien naar de dokter. Na een uurtje cursus loopt Ferdinand even naar huis. Hij komt terug met een mapje.

'Hoe is het met Mien?' vraag ik.

Hij haalt zijn schouders op. 'Vreemd', zegt hij. 'Lea zegt dat ze doorverwezen wordt naar een dermatoloog in de stad.'

'Gaat het niet goed dan?' Ik voel dat Sien me met priemende ogen aankijkt, maar de vraag is eruit en kan niet meer terug.

'Nou, die vlek', zegt Ferdinand. Hij wijst naar zijn eigen rug waar de vlek van Mien zit. 'Die zit ondertussen nogal diep in haar huid en er zijn cellen losgekomen, of zoiets. En die zijn via het bloed op andere plaatsen in haar lichaam terechtgekomen.'

Ik merk dat Ferdinand staat te zweten. Hij zwaait zichzelf met het mapje in zijn handen koelte toe. 'Ga zitten', zeg ik.

'Cellen', zegt oom Frans. 'Ze gingen toch voor die vlek?' Ook hij wijst naar zijn rug. 'Wat heeft dat nou met cellen te maken?'

'Is Mien heel erg ziek?' piept Sien.

'Nee, nee', sust Ferdinand. Hij knikt naar Frans en doet iets met zijn gezicht, dat het oké is.

'Ik ben een tekst gaan halen!' roept Ferdinand ineens uit. Hij klakt met zijn tong en opent het mapje. 'En wat voor een.'

Ferdinand zit te glunderen. 'Ik heb het zelf geschreven', zegt hij. Hij leest: 'Het mysterie van de zusjes Bladerdeeg.' Hij ligt meteen in een deuk van het lachen om die titel. Ook oom Frans zit op zijn knie te slaan. En Sien heeft onder elk oor een mondhoek. Ik zie Steffie en Charlotte binnensmonds meedoen. Ze kijken naar elkaar met een blik van: zo gênant! Maar ze zeggen er niks van. Ze zitten met zijn tweeën geniepig mee te lachen. Ik denk: die meiden zijn echt oké.

Ferdinand leest de eerste pagina. Het klinkt heel mysterieus. En geen enkele keer moet ik hem wijzen op zijn stemgebruik of intonatie. Hij leest fantastisch. We zitten met zijn allen geboeid te luisteren. Even moet ik stilletjes lachen omdat de mond van Bas een beetje openhangt. Hij ziet het. Ik knipoog. Hij knipoogt terug.

Na een poosje geeft Ferdinand de tekst door aan oom Frans. Alsof dat zo is afgesproken. Frans leest verder waar Ferdinand gestopt is. Ook hij leest ronduit indrukwekkend. Even vermoed ik dat ze zich tijdens de cursus veel minder goed hebben voorgedaan dan ze in werkelijkheid zijn.

De tekst gaat over twee meisjes. Zussen. Volgens mij gaat het een beetje over Mien en Sien. Het zijn de gelukkigste kinderen ter wereld. In de tekst bedoel ik. Al denk ik dat het wel klopt met de werkelijkheid. Die twee hebben een zo knotsgekke familie dat het niet anders dan elke dag dolle pret kan zijn.

Als Frans al een poosje zit te lezen, komt Lea op haar tenen de garage in. Ze heeft Mien op haar arm, die als een deken over haar heen ligt. Ze slaapt.

Als Lea zit, geeft oom Frans de tekst aan haar.

'Hier?' vraagt Lea. Ze wijst naar de tekst. Frans knikt. Lea begint te lezen, met Mien nog steeds over haar heen. Je kunt in de garage een speld horen vallen. Het been van Bas raakt het mijne, merk ik ineens. Alsof hij voelt dat ik het merk, kijkt hij naar me. 'Mooi, hè', zegt hij. 'Super', fluister ik.

Het is ook echt mooi. De tekst van dit verhaal is helemaal anders dan de films van Ferdinand die ik al zag. Dat komt natuurlijk omdat het over zijn dochters gaat. Al heeft hij dat nog niet met zoveel woorden gezegd.

Lea leest de laatste zin van haar pagina en sluit dan, stilletjes, het mapje. Alsof ze Mien op haar schoot niet wil wekken.

We zitten nog een hele tijd niks te zeggen. Dit mag uren duren.

'En dan wordt dat ene meisje ziek', zegt Ferdinand.

Mijn buik doet een beetje vreemd. Omdat uitgerekend hij dat zegt. Nu Mien…

'De kinkhoest', zegt Ferdinand. 'Dat was in die tijd dodelijk.' Het verhaal speelt zich in het jaar achttienhonderd en nog wat af.

Mijn buik doet weer gewoon. Het gaat over iets heel anders dan een vlek.

'Maar een mysterieuze, mooie man op een paard komt haar verhalen voorlezen en door de kracht die daarvan uitgaat, geneest ze weer', legt Ferdinand uit. 'Nu ja, er gebeurt natuurlijk nog veel meer. Maar ik verklap niet alles. Moeten jullie maar naar de bioscoop gaan kijken.'

'Echt?' roepen Steffie en Charlotte uit.

'Natuurlijk niet', zegt Ferdinand. 'Maar het zou mooi zijn.' Hij lacht zich te pletter, samen met zijn broer Frans.

'Ik had het anders wel zien zitten', zegt Charlotte.

'Ik ook', gniffelt Steffie.

'Als mijn films ooit de zalen halen, geef ik een feest voor het hele dorp', zegt Ferdinand. Hij kijkt naar het plafond. Hij ziet het helemaal voor zich. Lea aait zijn rug.

'Wij krijgen toch een rol, Ferdi?' roept Steffie uit.

Ferdinand krijgt haast een kleur. 'Ferdi', mompelt hij. Hij wrijft zich in de handen. 'Beslist', zegt hij dan. 'Beslist. Maar... de mooiste rollen zouden voor mijn meiskes zijn.'

'Ja, natuurlijk', zegt Steffie. 'Spreekt voor zich.'

En dan is er stilte. Ik kijk op de klok naast de stellingkast. We zijn al een kwartier over tijd, maar het is zo gezellig dat niemand daar wat van zegt.

'Wanneer beginnen we?' vraag ik. Het is eruit voor ik het goed besef.

Iedereen kijkt op alsof er een bel is gegaan. 'Waarmee?' vraagt Bas.

'Nou, de film. We maken de film. Gewoon.' Ik hoor mezelf en hoe maf het klinkt.

'Maar...' zegt Ferdinand.

'Maar wat?'

Ferdi kijkt naar Lea. '*Het monsterachtige wrattenzwijn dat kinderen opeet* is inmiddels helemaal ingeblikt', zegt Lea. Niemand die reageert op die wansmakelijke titel. Iedereen zit naar mij te kijken. Zo van: wat gaat er nog komen?

'Je spullen staan nog steeds opgesteld. De camera zoemt nog na, Ferdi', zeg ik.

'Ja, dat is zo', mompelt Ferdinand. Hij zit naar het mapje in zijn handen te kijken. Hij zit een beetje te wiebelen op zijn stoel van de zenuwen. Het is echt schattig om te zien. En hoe langer ik het zie, hoe beter ik het idee ga vinden. Iedereen trouwens.

'Kom op, Ferdi!' roept Steffie uit.

Ferdi kijkt naar de rug van Mien, die nog steeds ligt te slapen op de schoot van Lea.

'Zou ze het aankunnen?' vraagt hij.

Lea knikt. 'Vast wel.'

'Ze is zo vaak moe de laatste tijd', zegt Ferdinand tegen de groep.

Iedereen knikt.

'We hoeven niet elke dag uren te draaien', zeg ik.

'Tegen dat de school weer begint, moet de film wel klaar zijn', zegt Lea.

'En ik heb nog wel even tijd', zegt oom Frans. 'Ik bedoel: dan kan ik die mooie jongen op het paard spelen.'

Iedereen proest het uit. Oom Frans schuddebuikt.

'Dan zul je toch wat kilootjes moeten kwijtraken, Frans', zeg ik.

Oom Frans legt zijn handen onder zijn buik, alsof hij die nooit meer kwijt wil.

Dan wordt Mien wakker. Ze kijkt eerst even in het rond om te kijken waar ze precies is. Als ze ons allemaal ziet zitten, glimlacht ze.

'Het komt allemaal goed, meid', zegt Ferdinand tegen Mien.

'Wat?' vraagt Lea. Ze kijkt heel ernstig.

'De film', zegt Ferdinand.

'Natuurlijk', zegt Lea. 'De film.'

33.

Het is de vierde dag dat ik op de chat zit en niemand van mijn verre vrienden is online.

Ik besluit om toch maar met mijn mobiel een berichtje naar Marlowies te sturen.

Marlo, wat is er toch? Sorry voor vorige week, bij me thuis. Bedankt dat jullie langskwamen. Echt. Ik hoop snel iets te horen. Kusje, Dina.

Ik stuur ook een berichtje naar Senne.

Senne, hoe gaat het met je? Sorry voor vorige week, bij me thuis. Ik deed rottig. Lief dat jullie langskwamen. Ik hoop dat jij altijd mijn maatje blijft. O ja: succes met Joleo en Rumia! X Dina.

Dan schrijf ik nog wat in mijn dagboek.

Lief dagboek,

Ik heb het wel erg bont gemaakt toen Marlo, Martijn en Senne hier waren. Zus heeft gelijk. Ze namen wel de moeite om hierheen te komen en ik deed afschuwelijk lelijk tegen hen. Maar waarom deden ze ook zo raar achterdochtig omdat ik hier al enkele vrienden heb, die misschien niet eens echt vrienden zijn. Ik bedoel: ik ken al die mensen niet eens. Nu ja, niet echt. Ze doen wel lief tegen me en ze vinden de toneellessen fijn. Maar zijn het daarom vrienden? Zijn het niet juist vrienden die een beetje jaloers doen als er rivaliteit van anderen is? (Dat heb ik van mama, hoor. Maar ik denk wel dat het klopt wat ze zegt.) Dat waren ze, Marlowies, Martijn en Senne: jaloers op mijn zogenaamde nieuwe vrienden.

Dagboek, ik moet het echt weer goedmaken. Maar dan moeten ze me wel de kans geven.

Even iets anders: we hebben al vier keer drie uur film gedraaid in de tuin van Mien en Sien. En wat doen die meiden het goed! Iedereen zegt dat het door de lessen komt, maar dat geloof ik niet eens. Wat ben ik trots dat ik regie-assistente mag zijn! Ferdinand heeft natuurlijk de touwtjes in handen. Of wat had je gedacht. Ja, het is dan ook zijn script, zijn film. Zelfs de hoofdactrices zijn van hem. Het zijn zijn bloedeigen dochters. En trots dat hij is! En Bas is haast nog trotser. Hij speelt de mooie jongen. Dat was makkelijk beslist, natuurlijk. Bas IS een stuk! Ssst... dagboekje!

Kus, Dina

Als ik beneden ben, gaat mijn telefoon. Een sms van Bas. Hij vraagt hoe we aan dat paard komen.

Welk paard? stuur ik.

Het paard waar die mooie jongen op rijdt. Ik dus.

Dat wordt gewoon een fiets, knul!

Om twee uur draaien we. Op tijd komen!

Ben ik toch altijd?

Tot straks dan.

Tot dan.

X.

Terug.

Mama zegt: 'Ik ga bijklussen.'

'Waarom?'

'Om jouw telefoonkosten te kunnen betalen!'

34.

Om twee uur stipt rijdt Bas zoals gevraagd op zijn stalen ros de tuin van Mien en Sien in. Oom Frans staat al aan de camera te prutsen en Hamid en Sharbat verkleden zich achter de beuk in politieagenten die straks de mooie jongen op zijn fiets een bekeuring moeten geven. (Zo staat het aangepast in het script.) Charlotte en Steffie doen vandaag de grime omdat zij – twee afschuwelijke heksen, aartsvijanden van de zusjes – in deze scène niet meespelen. Mama helpt ook mee. Zij doet de catering. Dat wil zeggen dat ze broodjes belegt voor de spelers en medewerkers. Ze zet koffie en thee en voorziet Mien en Sien van hun lievelingsdrank: bessensap!

Mien en Sien laten op zich wachten. Ook Ferdinand is nog nergens te bespeuren. Bas laat Charlotte en Steffie zien dat hij een halve minuut op zijn wielen kan balanceren zonder een voet op de grond te zetten. Het lukt hem nog geen drie seconden. Ik heb veel zin om hem tegen de grond te duwen, want ik ben ongeduldig en als ik ongeduldig ben, dan heb ik zin om dingen te doen die niet horen. Om twintig over twee komt Ferdinand eindelijk naar buiten. Hij ziet bleek.

'Vandaag zal niet lukken', zegt hij.

'Wat?!' roept iedereen tegelijk. Daar zou je normaal gezien flink voor moeten repeteren.

'Mien', zegt Ferdinand.

'Wat is er met Mien?'

Ferdinand legt zijn handen op zijn wangen en schudt met zijn hoofd.

'Rustig, Ferdi', zegt oom Frans. Sinds Steffie dat deed, noemt iedereen hem nu zo. Hij biedt Ferdinand een tuinstoel aan. Ferdinand gaat zitten, slaat zijn hoofd naar achteren en blaast alsof hij net een zware sportinspanning heeft geleverd. Frans gaat naast hem zitten en legt zijn hand op de knie van zijn broer. 'Rustig, jongen', zegt hij.

'Mien is heel ziek', zegt Ferdinand tegen ons.

Charlotte en Steffie slaan hun hand voor hun mond.

'Jezus', zegt Bas.

Ferdinand knikt. 'Ja, Jezus', zegt hij. 'Als die ons een keer kon helpen.' Hij schudt weer zijn hoofd. Dan kijkt hij ons een voor een aan. 'Ze is al een hele tijd ziek', zegt hij dan. 'Die vlek op haar rug is een melanoom. Een kwaadaardige vlek, zeg maar. Nou, kanker dus.'

'Oh nee', zegt Bas. Hij is de enige die iets zegt. Van mij en de anderen valt alleen maar de kin als een lift zonder kabels naar omlaag. Kanker!

'We hebben al ontelbare onderzoeken achter de rug', zegt Ferdinand. Hij lacht, maar je ziet dat het niet van blijdschap is. 'Achter de rug', herhaalt hij. 'Nu ja...' Oom Frans knijpt in zijn knie.

'Die gemene, rottige kankercellen zijn via haar bloed in andere organen terechtgekomen', zegt hij, met een trek om zijn mond alsof hij op een bedorven olijf aan het kauwen is. Hij balt de hand die op zijn been ligt tot een spierwitte vuist. Hij vloekt.

'Wat gaat er gebeuren, Ferdi?' vraagt Sharbat.

Ik vind het dapper dat ze dat durft te vragen. Ik sta met mijn mond vol tanden. Ik benijd haar haast om die vraag.

'Ik weet het niet, Sharbat', zegt Ferdinand.

'Moet ze opgenomen worden?' vraagt Frans.

Ferdinand knikt. 'Ze is helemaal uitgeput. Komt door die zware medicatiekuur die ze al een poosje volgt. In het ziekenhuis kunnen ze natuurlijk beter reageren dan wij hier.'

'Goed zo, kerel', zegt Frans. 'Daar heb je gelijk in.'

Ferdinand omklemt zijn knieën met zijn handen en hijst zich daaraan op uit zijn stoel. 'Sorry, vrienden', zegt hij. 'Vandaag dus niet.' Hij loopt terug naar de achterdeur van zijn huis.

Iedereen staat naar zijn rug te kijken. Frans gaat op het terras een kop koffie inschenken. 'Bedankt', zegt hij tegen mama. Omdat zij de koffie maakte. Mama ziet bleek, dat zie ik van hier. 'Het is niks', zegt ze.

Ik denk vier dingen: arme Mien. Wat nu? Ik kan wel huilen, en dat Ferdinand 'Sorry, vrienden' zei.

Er zijn wel vier*honderd* dingen die ik zou kunnen denken op dit moment, maar het geluid van mijn mobieltje verhindert dat. Stiekem, alsof het nu niet hoort om naar je telefoon te kijken, loer ik naar het schermpje. Het is een berichtje van Marlowies: *Nog twee weken en het is de première van Joleo en Rumia. Je komt toch kijken, Dien? Sorry dat ik nog niks liet horen maar* DRUKDRUKDRUK! *Mis je, Marlo! X*

Als ik opkijk van mijn telefoon, lopen Ferdinand en Lea met de tweeling via het terras naar de auto, die naast het huis geparkeerd staat. Lea heeft Mien in een deken gewikkeld. Het lijkt of ze jonger wordt, kleiner, denk ik. Het is een stomme gedachte, maar ik kan er niks aan doen. Voor ze vertrekken zegt Ferdinand nog iets tegen Frans. Frans duwt het portier van de auto dicht, steekt zijn hand op en dan start Ferdinand zijn auto.

We zwaaien met zijn allen, maar het lijkt zich allemaal vertraagd af te spelen. Alsof iemand op de knoppen van onze afstandsbediening zit te prutsen. Iedereen lijkt zich ook af te vragen of zwaaien eigenlijk wel oké is, of het mag. Dit moment is loodzwaar.

Als de auto al een poosje uit het zicht is verdwenen, keert iedereen weer naar huis.

'Kom je, Dina?' vraagt Bas.

'Ik help mama nog even met opruimen', zeg ik.

'Oké.'

En dan doet Bas iets mafs. Hij omhelst me, wel een minuut lang.

Hij denkt aan zijn vader, gaat het ineens door mijn hoofd. En dat die dood is.

Die gedachte geeft me onmiddellijk een stomp van je welste in mijn maag. Dit heeft niks, niks, niks met Mien te maken!

35.

Senne is op de chat. Hij doet alsof vorige keer niet is gebeurd. Ik denk: hij heeft met Marlowies afgesproken dat ze niet langer boos op mij moeten zijn. Tenminste, zo voelt het. Nou, dat is goed.

Hij vraagt of ik kom kijken naar de voorstellingen.

Ik tik: 'VoorstellingEN?'

'Nu ja, toch eentje, Dien?'

'Ja, natuurlijk. Ik zou het voor geen goud willen missen.'

Ook Marlowies komt ineens online. Ze tikt honderduit over de toneelproductie en hoe leuk het wel is en hoe spannend en dat ze al een week niet van de wc raakt, zoveel stress heeft ze en de première is pas binnen twee weken. Ik denk: wat doet ze daar trots over! Maar ik tik dat ik het fijn voor haar vind. Niet dat ze niet van de wc afraakt, maar wel dat het zo goed loopt met het toneelstuk. Dat meen ik echt en ik zou niks dan leuke, positieve dingen willen tikken op de chat, maar dat lukt niet, en al na tien minuutjes zeg ik dat ik offline ga, want ik moet mijn moeder helpen met het avondeten. Wat niet waar is, ik help nooit met het avondeten, maar dat weten zij niet.

'Ik stuur je gauw de speeldata', tikt Senne nog.

'Bedankt!'

'Zwaai!'

'Kusjes!'

'Tot gauw.'

En dan ben ik off.

36.

Ik krijg sms'jes van Charlotte en van Steffie. Dat het wel heel erg is van Mien. En of de lessen nu ophouden en hoe erg ook dat is. Ook Bas stuurt me berichtjes. Dat hij hoopt dat het gauw weer beter gaat met Mien.

Ik vertel het tegen mama. Ze staat groentesoep te mixen bij het aanrecht. Ze zet de staafmixer uit en draait zich naar me om. 'Ik weet het niet, Dina', zegt ze.

'Ze wordt toch beter?' vraag ik. 'Ze is elf!'

'Laten we hopen dat het goed afloopt', zegt mama.

'Zou het echt kunnen van niet?'

Mama droogt haar handen aan haar schort en komt naast me zitten aan de keukentafel. 'Het *is* kanker', zegt ze. 'Dat is zo'n vreselijke ziekte!' Ze zucht diep.

Mama weet waarover ze praat. Mijn tante Cleo, dat was de zus van mama, is eraan doodgegaan, maar die was niet elf. Ze was veertig. Wat ook hartstikke vroeg is, maar het is toch nog anders dan dit.

Ik schud mijn hoofd. 'Het zal gewoon goed aflopen', zeg ik.

Mama legt haar hand op mijn schouder. 'Ik hoop het met je mee', zegt ze.

Dan gaat de deurbel.

'Ik ga wel', zeg ik, want ik denk dat het Bas is. Nee, ik hoop dat het Bas is. Ik heb gewoon heel veel zin om hem te zien.

Als ik de deur open, schrik ik me rot. Het is Ferdinand. Niet dat hij er griezelig uitziet of zo, het is gewoon Ferdinand, maar na het vertrek naar het ziekenhuis met Mien lijkt het ineens iemand anders. Of, ik weet het niet, ik zie hem ineens anders.

'Hoi, Dina', zegt hij. 'Mag ik even?' Hij wijst naar binnen. Ik zet een stap opzij. 'Natuurlijk, Ferdi. Kom erin.'

Hoe is het met Mien, zou ik willen vragen, maar het lukt me niet. Misschien zegt hij het zo zelf wel. Misschien staat hij daarvoor hier aan de deur, om te vertellen dat alles goed gaat met Mien.

'Ik kom je wat vragen', zegt Ferdinand.

Ik knik.

'We zouden toch die film draaien', zegt hij.

'Het mysterie van de zusjes Bladerdeeg', zeg ik.

'Juist', zegt Ferdinand. 'Maar nu...' Hij kijkt in mijn ogen om te zien of ik nog meer uitleg nodig heb om te begrijpen wat hij wil zeggen.

Ik knik. 'Met Mien', zeg ik.

'Met Mien', zegt hij. 'Ze zal nog een hele tijd buiten strijd zijn.'

'We kunnen de opnames wel een poosje stilleggen', zeg ik.

'Nee', zegt Ferdinand. Hij staat heftig met zijn hoofd te schudden. 'Nee, ik zou het beter vinden als we ermee doorgaan', zegt hij.

'Denk je? We kunnen toch gewoon wachten...'

Weer schudt Ferdinand zijn hoofd. 'We moeten het voor haar doen', zegt hij. 'Eerder dat dan *met* haar.' Hij kijkt me strak aan. 'Als verrassing', zegt hij.

Zo had ik het nog niet gezien.

'Als ze dan...' zegt Ferdinand. Hij stopt met praten en kijkt naar de grond.

'Als ze dan uit het ziekenhuis komt?' vraag ik.

Hij kijkt me van onder zijn wenkbrauwen aan. Hij knikt. 'Dan zou dat een prachtige verrassing zijn, toch?'

'Echt wel', zeg ik. 'Maar...'

Het is alsof Ferdinand mijn gedachten kan lezen. 'Het kan ook zonder haar', zegt hij.

'Ja, maar het gaat over twee zussen', zeg ik.

'Ik heb het er met Sien over gehad, Dina', zegt Ferdinand.

'Je gaat Sien de twee zussen laten spelen?' vraag ik, goedkeurend knikkend. Je ziet toch geen verschil. Goed plan. Ik zeg: 'Als we de scènes waarin ze samen zitten apart opnemen en Sien iedere keer in andere kleren laten...'

'Nee, nee', zegt Ferdinand. Hij wijst naar me. 'Wil jij?'

'Ik?'

'Nergens staat dat het tweelingzussen zijn.'

'Maar...'

'Mien kijkt zo naar je op, Dina. Het zou het mooiste geschenk zijn.' Ferdinand kijkt me smekend aan. Ik heb in een film ooit een pasgeboren katje zo zien kijken.

Ik zeg: 'Maar Ferdi, ik kan nooit een beetje geloofwaardig de zus van Sien spelen. Die twee horen zo erg bij elkaar! Ik bedoel: haal die twee uit elkaar en...' Dan hou ik op met mijn ondoordachte getater. Bij elk woord dat ik zeg, zie ik Ferdinand een stukje kleiner en verdrietiger worden. 'Sorry', zeg ik.

'Nee', zegt hij. Hij duwt zijn vingertoppen tegen zijn ogen. Hij schudt zijn hoofd. 'Je hebt gelijk. Die twee mogen niet uit elkaar gehaald worden.'

'Dat zal ook niet gebeuren', zeg ik. Ik pak zijn arm beet en knijp er eens stevig in. 'Het *mag* niet gebeuren. Ze wordt weer beter, Ferdi.'

Hij knikt. Niet dat hij het voor honderd procent gelooft, maar hij knikt.

'In de tussentijd speel ik die rol wel', zeg ik.

Ferdinand blijft een hapje eten.

Aan tafel vertelt hij mama en papa, Zus en mij honderduit over het ziekenhuis en over vlekken op je lichaam. Hij leert ons alles over melanomen en het lymfstelsel en de huidlagen en hij zegt ons ook dat Mien ondertussen haar haar verliest. Waarop het ineens erg stil wordt, want om de een of andere reden is het beeld van iemand die zijn haar verliest veel duidelijker dan alle lymfstelsels, huidlagen, melanomen en andere vlekken samen. Ferdinand toont ons ook een foto van haar. We schrikken, maar dat laten we amper zien. Tenminste, dat denken we. 'Groeit wel weer terug, hoor', stelt Ferdi ons gerust. Hij stopt de foto terug in zijn binnenzak. Ik moet aan Sien denken en aan hoe Mien ineens voor geen meter meer op haar lijkt en aan het feit dat we niet genoeg stilstaan bij het belang van wat er op ons hoofd groeit.

'Morgen op post, meid', zegt Ferdi met een uitgestoken vinger als hij vertrekt. 'En ik ben de regisseur, dus je doet precies wat ik zeg!' Hij lacht en geeft een stomp op mijn arm.

Dan kijkt hij ons een voor een aan. 'Jullie hebben de buurt een stuk mooier gemaakt', zegt hij.

We zijn er allemaal stil van. Mama pinkt een traan weg. 'Doe heel veel groeten aan Lea', zegt ze. 'Als er iets is wat we kunnen doen.'

'Doen jullie al', zegt Ferdi.

Als mama de deur achter zich sluit, gaat ze ertegen staan. Eerst zegt ze een hele tijd niks. Ze kijkt alleen maar in het rond en zegt dan: 'Ik begin maar eens te verven.' Het lijkt alsof ze daarmee besluit om te blijven. Voorgoed.

37.

Vanochtend zijn we al om halfacht gestart met verven. Ik geef met een grote rol de gangmuren een laag. Tegen de middag hang ik vol spatten zandkoekjesgeel. Ook Zus is druk in de weer. Ik moet met haar lachen. 'Als je verft, trek je een gek gezicht.' Het lijkt of ze het niet hoort. 'Zu-us!'

Ze schrikt. 'Sorry, ik was even met mijn gedachten ergens anders.'

'Michiel?'

'Klopt.'

'Hoe was het gisteren?'

Ze knikt gewoon. Ze doet alsof al haar aandacht naar het verven gaat, zo lijkt het, maar ik weet beter. 'Is er wat?'

'Nee.'

Ze gaat van de trapladder af om de muur van op een afstand te bekijken.

'Mis je hem?'

'Wie?'

'Zus, doe niet zo.'

Ze klimt weer de ladder op. 'Ja, ik mis hem, maar…' Ze zucht.

'Loslaten?' vraag ik.

'Je klinkt net als mama', zegt Zus. Intussen rolt ze een dikke laag verf over de laag die ze er al op heeft gelegd.

'Heeft ze het ook tegen jou gezegd?' vraag ik.

Ze knikt. 'Loslaten.'

'Maar waarom? Michiel heeft een auto en bovendien…'

'Wat, bovendien? Dat ik toch volgend jaar al het huis uit ga en met Michiel ga samenwonen?'

'Dat zei je toch.'

Zus schudt haar hoofd. 'Mooi niet.'

Ik schrik. Zo erg dat ik een stuk van de deurstijl mee in het geel zet. In plaats van het meteen weg te poetsen met de white spirit, sta ik vol verwachting naar Zus te kijken. Ze voelt het. Tenminste, ze *weet* het.

'Zou ik niet kunnen, Dien', zegt ze. 'Mama en papa zijn zo gaaf.'

Wat raar om dat van Zus te horen. Een maand geleden wilde ze hen het liefst van al in een doos stoppen en op de boot naar Ushuaia zetten.

'Het is erg om je vrienden te moeten missen', zegt ze. 'Je vriendje zelfs. Ik bedoel, je vriendje zoals ik Michiel heb en jij…'

'Wie heb ik?'

Nu zegt Zus het: 'Doe niet zo.'

Ik zeg: 'Senne is niet mijn vriendje, hoor. Als je hem bedoelt.'

'Bijna dan?' vraagt Zus.

'Als we niet verhuisd waren misschien', zeg ik.

'En nu?'

'Ik vind Bas heel leuk', zeg ik. Het voelt niet eens heel raar dat ik dat zomaar zeg tegen Zus.

Zus gaat door met wat ze eigenlijk aan het zeggen was: 'Nu ja, het is dus erg om je vrienden te moeten missen, maar je ouders is toch nog andere koek.'

Op dat moment komt mama met een bord vol zandkoeken in de gang. We moeten er hard om lachen. Mama doet mee, al weet ze niet eens waarom. Zus pakt mama stevig vast, van op de ladder die flink wiebelt. Ze geeft mama een zoen op het voorhoofd. Het is best raar. We hebben afstand genomen van heel wat mensen, maar het lijkt of wij, hier in huis, steeds een beetje dichter naar elkaar toe aan het groeien zijn. Nu ja, dat sta ik dus allemaal te denken, met de rol vol verf tegen de wand gedrukt.

'Kijk uit!' roept mama. Ze wijst naar de muur. Van mijn verfrol druipen gigantische verfdruppels die grillige strepen trekken tot tegen de plinten boven de vloer. We staan er met zijn drieën naar te kijken. Mama houdt in paniek haar hoofd vast.

'Best mooi', zegt Zus uiteindelijk.

'Apart', zegt mama. Ze laat haar armen zakken.

We besluiten om de hele gang zo te doen. We houden ons hart al vast om de reactie van papa straks.

We zijn niet thuis om papa's reactie te zien, want na het middageten haasten we ons naar de tuin van de tweeling waar Ferdinand de filmset heeft klaargemaakt. Hij heeft zelfs een bordje in het gras geplant: 'Filmset / Het mysterie van de zusjes Bladerdeeg'. Hij staat ons met zijn handen in zijn zij vol trots op te wachten. Hij wijst naar twee statieven met verlichting die er vroeger niet stonden.

'Wow!' roepen mama en ik uit, het lijkt nu wel heel echt!

'Die heb ik van het cultureel centrum mogen lenen', zegt hij apetrots. 'Dit wordt zo bijzonder.' Hij schudt het hoofd en heeft een supermelancholische blik, hij kan het allemaal amper bevatten. Frans geeft ons het script van het stuk dat we vandaag gaan doen. Sien trekt aan mijn mouw. 'Jij bent mijn zus!' roept ze uit.

Ik knik en ik weet niet zeker of ik mag laten zien dat ik het leuk vind. Maar ze staat me zo breed lachend aan te kijken!

Ferdinand houdt ons in het oog. Hij ziet dat ik het niet zo goed weet. Hij knikt dat het oké is.

'Jij bent mijn favoriete zus, Sien!' roep ik uit.

Sien en ik lezen de tekst, we proberen het algauw uit het hoofd en we geven elkaar aanwijzingen. Nu en dan zou ik iets willen vragen over Mien. Gewoon, omdat ik haar hier wel mis. Het is zo gek: eerst kende ik hen amper uit elkaar en dacht ik de hele tijd dat ze samen één meisje waren, dus wat valt er te missen? Maar als een van de twee er ineens niet is, lijkt het zo incompleet! Toch vraag ik niks over Mien. Misschien vindt Sien het juist fijn dat alle aandacht even alleen voor haar is.

Na een uurtje doet Lea een laag make-up op ons gezicht en mogen we kleding uitkiezen die dertig jaar geleden, om wat voor duistere reden dan ook, in de mode was. Sien en ik zien er best belachelijk uit, dus we staan elkaar eerst flink uit te lachen. Mama zegt dat ze er vroeger de hele tijd zo bij liep, dus hebben we meteen een ander slachtoffer om eens goed te bespotten. Dan zegt Ferdinand dat we de nodige ernst aan de dag moeten leggen.

Sien en ik moeten onze lippen op elkaar klemmen om het niet uit te schateren.

Dan wordt er gefilmd. Of nee, eerst repeteren we onze scène twee keer op de set. We vallen een paar keer door onze tekst, maar Ferdi zegt dat we het weerzinwekkend goed doen. Hij staat zich de hele tijd in de handen te wrijven en het is niet van de kou. De barometer onder het afdak geeft tweeëndertig graden aan. Bij die gedachte gooit Frans zijn T-shirt uit, beweegt zijn buik op een liedje dat hij zingt en legt zo de repetitie een halfuur stil. Ferdinand moppert, maar echt boos is hij niet. Na de tweede keer 'droog' repeteren (dat wil zeggen dat er geen rekwisieten aan te pas komen), doen we de scène helemaal en met attributen. Sien moet bijvoorbeeld een hoed van de tuintafel nemen en die opzetten. Ik moet de haagschaar pakken, want in mijn stukje knip ik een buxus tot die eruitziet als een berenkop. Die kop heeft Lea er gisteren al in geknipt, want dat is toevallig haar hobby: buxusboompjes knippen. Nu ja, al die handelingen zorgen ervoor dat we de scène toch nog tot drie keer toe opnieuw moeten doen en dan roept Ferdinand 'generale repetitie!' Wat wil zeggen dat we het nu feilloos en zonder stoppen moeten doen. Dan gaat Frans filmen en in één keer staat het erop. Frans roept ons bij zich. Hij staat bij een piepklein televisiescherm en speelt de scène af die we net gedraaid hebben. Het ziet er echt super uit en je zou zweren dat het een film is die straks in de bioscopen zal draaien. Sien en ik slaan onze handen tegen elkaar. Frans en Ferdinand doen hetzelfde. Ik voel een hand op mijn schouder, ik kijk om. Het is Bas.

'Ik wist niet dat je hier was', zeg ik.

'Je was ook zo druk', zegt hij. En hij lacht te lief voor woorden.

'Hoe zag het eruit?' vraag ik.

'Je bent een ster!' roept hij uit.

'En ik?' piept Sien.

'Jij bent een superster!' zegt Bas.

Mama zegt dat het tijd is voor koek en ijskoud bessensap.

Als we met zijn allen rond de terrastafel koeken zitten te schransen, rijdt de auto van Lea de oprit op. Ferdinand gaat staan. Hij ziet er een beetje nerveus uit. Als Lea uitgestapt is, loopt hij haar tegemoet. Ze praten wat bij de auto. Iedereen is stil, alsof we het gesprek willen afluisteren, maar dat is natuurlijk niet zo. Sien is ook naar haar moeder gelopen. Ik blijf de hele tijd naar haar kijken terwijl ze bij haar ouders naast de auto staat. Ze doet best opgewekt, dus ik denk dat het wel oké is met haar zus. Ik hoop het gewoon heel erg.

'Hoe gaat het met haar?' vraagt mama, als Lea en Ferdi naar het terras lopen. Lea knikt. 'Goed', zegt ze. 'Ze heeft een erg goede dag. Ze heeft ook goed gegeten. Dat was voor het eerst eigenlijk.'

'Dat is een goed teken', zegt mama.

'Als ze op haar oom lijkt', zegt oom Frans. Hij legt zijn handen onder zijn blote buik. 'Dan komt het goed met dat eten.'

'Hoe zit jij er nou bij', moppert Lea. Ze schudt haar hoofd. 'Ik moest heel veel groeten doen', zegt ze.

We zeggen, allemaal door elkaar, dat ze die groeten beslist moet terug doen. Ik denk bij mezelf: en als we haar eens gingen bezoeken? Ik vraag me af of iemand daar al aan heeft gedacht. 'Lea,' zeg ik, 'mogen wij die groeten niet zelf overbrengen?'

'Hoe bedoel je, meisje?' vraagt ze.

'Mogen we haar niet bezoeken?'

Lea kijkt naar Ferdinand. 'Ik weet niet...' zegt Lea.

'Toe?' zeggen Steffie en Charlotte, Hamid en Sharbat, Bas en ik. We gaan zelfs rechtop staan bij de tafel.

'Ze is vlug uitgeput, hoor', zegt Lea, maar in haar stem kun je horen dat ze niet meteen nee zal zeggen.

'Voor heel even kan het vast geen kwaad', zegt Ferdinand.

Waarop we allemaal juichen. We spreken af dat we morgen een kijkje gaan nemen in het ziekenhuis.

'Zonder tegenbericht', zegt Lea streng.

Dat begrijpen we niet.

'Ik bedoel dat ik morgen eerst wil checken of het nog steeds zo goed met haar gaat', legt ze uit.

Dat is goed. Als Lea niet naar mama belt, gaan we morgen tegen twee uur naar Mien.

38.

Thuis zit Zus bij de computer. Ze chat met Michiel. Ze hebben ruzie. Dat kan ik zo zien.

'Wat is er?' vraagt mama. Die ziet dat natuurlijk ook meteen.

Zus zegt niks. Ze trekt boze gezichten naar de webcam. Het ziet er best grappig uit.

'Hou je gedeisd', zegt mama. 'Of ik gooi dat ding de straat op.'

Zus klikt een paar keer met de muis, schuift haar stoel achteruit en gaat boos naar boven. Een seconde overweeg ik om haar te volgen, misschien kan ik helpen, maar eerst ga ik toch even kijken of ik iets in mijn berichten heb staan.

Niemand blijkt online te zijn, maar Senne heeft wel iets achtergelaten.

Dina, nog minder dan twee weken en we spelen Joleo en Rumia. Ik hoop dat je komt kijken! We spelen op woensdagmiddag 8 augustus om drie uur en op donderdag 9 en vrijdag 10 augustus om zeven uur in het Parochiehuis. Komen je ouders en je zus mee? Zeg maar tegen je ouders dat ze goed op tijd moeten vertrekken! Als je zonder hen en dus met de trein komt: er vertrekken er tot vijf uur, om het anderhalf uur. Dat heb ik voor je opgezocht. Mijn moeder kan je dan komen halen in de stad. Zoen, Senne!

Ik noteer het meteen in mijn agendaatje: *8, 9 en 10 augustus: Joleo en Rumia, Parochiehuis om 15 of 19 uur.*

Dan komt Bas me oppikken, want we gaan nog een uurtje of wat naar de Deemse Vaart. Het is zo warm dat we in het water *moeten.* Ik ga naar de kamer van Zus. Misschien wil ze wel mee. Ik klop op de deur.

'Wie?' vraagt ze. Er zit een verdrietige krak in haar stem.

'Madonna', zeg ik.

'Kom dan maar binnen.'

'Zus, wat is er?' Haar gezicht zit onder de tranen. Er plakken haren op haar wang.

'Die stomme Michiel', zegt ze.

'Wat is er met stomme Michiel?' Ik probeer grappig te doen, maar Zus heeft er geen oren naar. Ze begraaft haar gezicht in haar armen, die op haar opgetrokken knieën rusten.

'Kom op, Zus.'

'Hij gaat met enkele vrienden en klasgenoten drie weken naar Zuid-Amerika.'

'Wow!' doe ik.

Zus kijkt me boos aan.

'Ja, sorry…'

Zus stopt weer haar gezicht weg.

'En jij gaat niet mee?' vraag ik, tegen beter weten in, want ik kan me niet voorstellen dat mama en papa dat goed zouden vinden.

'Nee, natuurlijk niet. Dat kost handenvol geld. Trouwens, hij liet op de chat weten dat hij er niet van uitging dat ik mee zou gaan. Sinds de verhuizing, zei hij.'

'Wat bedoelt hij daarmee?'

'Dat we, sinds ik hier woon, niet vaak meer samen dingen zullen doen. Dat de afstand te groot is geworden, of zo.'

'Dat is dwaas', zeg ik.

'Maar ik had dan ook eergisteren, toen hij hier was, al verteld dat ik niet binnen heel korte tijd, zoals hij het zou willen, terug naar ons oude dorp zou gaan om met hem of bij hem te gaan wonen. Daar was hij heel boos om, want toen we vertrokken had ik hem dat beloofd.'

'Dat was omdat je toen erg boos was om de verhuizing', zeg ik. 'Dan zeg je dingen die je niet meent.'

Zus knikt. 'Maar ik zou het juist wel willen, maar…'

'Maar wat?'

'Niet nu.'

'Mama zou doodgaan van verdriet', zeg ik.

Zus wrijft haar wangen droog. 'Ik wil het gewoon nog niet', zegt ze.

'Daar ben ik blij om, Zus.'

'Echt?'

'Echt.'

'Weet je', zegt ze.

'Wat?'

'Soms, heel soms… ben je bijna lief.' Ze lacht weer.

'Ga je mee?' vraag ik.

'Naar?'

'De Deemse.'

Ze schudt het hoofd.

'Waarom niet?'

'Ik zie er niet uit.'

'Nooit, hoor.'

'Trut.'

'Toe?'

'Nee, liever niet. Geniet maar van je Basje.' Zus gooit een kussen naar mijn hoofd.

Ik gooi het terug. 'We gaan niet alleen, hoor. Charlotte en Steffie gaan ook mee.'

'Toch liever niet, Dien.'

'Oké.'

39.

Eerst pikken Bas en ik Charlotte en Steffie op en dan fietsen we door naar de Deemse Vaart. Het is er een drukte van je welste! Dat zien we al vanaf de straat.

'Hoe gaan we daar ooit een plekje vinden?' roep ik uit.

'Wacht maar af', zegt Bas met een opgetrokken wenkbrauw.

De meisjes giechelen mysterieus. Ze weten wat Bas van plan is.

We gaan niet langs de gewone ingang. Bas rijdt tot de uiterste hoek van de haag van het reservaat. Daar gooit hij zijn fiets naast de sloot. Steffie en Charlotte doen hetzelfde. Dan hijsen ze zich over het gaas achter de haag. Steffies knie loopt averij op aan een uitstekende ijzerdraad, maar ze heeft het er blijkbaar allemaal voor over. 'Vorige keer scheurde ik mijn bermuda', zegt ze haast trots.

Gelukkig helpt Bas mij, letterlijk, een handje. Hij maakt van zijn handen een kommetje waar ik met een voet in mag staan. Ik grijp zijn schouders beet, hij zegt 'hup' en geeft me een zetje waardoor ik nog tamelijk galant over de haag en de draad kom. Dan klautert hij zelf tot de andere kant van het weerspannige groen en neemt ons mee naar een plek aan het water waar je, alleen als je erg goed luistert, in de verte de stemmen van de honderden mensen aan het publieke gedeelte van de vaart kunt horen. Voor het overige is het er muisstil. 'Dit is het verboden stuk', zegt Bas. Hij klinkt triomfantelijk. Hij voelt zich Christoffel Columbus in Amerika. Zijn woorden zijn nog niet koud of er klauteren nog twee jongens en twee meisjes over de draad.

'Geen paniek', zegt hij tegen mij. 'Hen heb ik ook uitgenodigd. Het zijn vrienden.'

Die vrienden, Paulo, Kris, Jana en Klaartje, hebben een rieten mand meegebracht waarin een dekentje, brood, jam, chocoladepasta, wat frisdrank en een fles witte wijn zitten. Jana spreidt het deken uit over de grond en Klaartje schikt het eten en de dranken. Als we er met zijn allen omheen zitten, stelt Bas me voor. 'Dit is Dina', zegt hij. Hij legt zijn arm over mijn schouders. Ik zie dat het viertal zich afvraagt of ik zijn vriendinnetje ben. Even hoop ik een beetje dat hij hen van een antwoord zal voorzien, al is het alleen maar omdat ik het dan zelf ook meteen weet, snap je? Maar Bas zegt alleen maar: 'Ze woont hier nog maar pas, maar ze is nu al een heldin.'

'Een heldin?' zeg ik.

'Dina is een actrice', zegt hij.

Dat is in dit deel van het land blijkbaar hetzelfde.

Waarop Paulo, Kris, Jana en Klaartje ineens in beweging lijken te komen. Ze gaan vlak bij me zitten. Jana voelt zelfs aan me. Klaartje zit te wowen en te wawen. Paulo vraagt of ik op de tv kom. Nog voor ik iets kan zeggen, zegt Steffie dat ik een theateractrice ben. 'Die zijn nog beter', weet Charlotte.

Bas heeft de kurk van de wijn uit de fles getrokken.

Charlotte en Steffie willen liever vruchtensap.

Nog voor ik iets kan zeggen, duwt Bas een beker onder mijn neus en zegt dat ik dit erg lekker ga vinden.

Ik drink, onder zijn oplettende blik, de beker leeg.

Ik hoest.

Iedereen lacht.

Bas knipoogt.

Mijn buik doet raar. Ik vraag me af of het door de wijn of door Bas komt.

'Dina geeft acteerlessen', zegt hij.

'Echt?!' roepen Paulo en Jana uit.

'Waarom weten wij daar niks van?' vraagt Klaartje verontwaardigd .

'Nou', doe ik.

'De les zit barstensvol', zegt Bas.

'Jammer!' roept Jana.

'Mogen we de volgende keer wel inschrijven?' vraagt Kris.

Ik wil een hele uitleg doen over dat het misschien maar eenmalig is en dat het niet echt acteerlessen zijn, maar eerder een initiatie. En ik wil ook zeggen dat het niet mijn idee, maar dat van iemand uit mijn straat is, maar Bas begint ineens over de film.

'Eerst moet de film ingeblikt zijn', zegt hij.

Waarop vooral Jana en Klaartje haast stapelgek worden. 'Film?! Waar?! Wanneer?! Hoe?!'

Ik denk: straks valt er iemand flauw.

Bas giet mijn beker nog een keer vol en duwt die onder mijn neus.

Ik drink omdat zijn blik bepaald dwingend is, maar ik voel nu al dat ik dringend een boterham moet eten.

'Nou, die film', zeg ik. 'Het is heel low budget, hoor.'

'Low wat?'

'Low budget. Dat wil zeggen dat het geen grote filmproductie is die massa's geld kost, of zo.' Iedereen zit te knikken, maar vindt het nog steeds te machtig voor woorden.

Ik vertel over Ferdinand met zijn gekke horrorfilm-hobby en wil ook zeggen dat het allemaal erg amateuristisch is, maar Kris zit ineens jam over zijn armen en over het gezicht van Jana te smeren, alsof ze onder het bloed zitten. Iedereen doet een bloeddorstig monster na of bescheurt zich van het lachen. Eigenlijk vind ik het allemaal best flauw, want ze zitten schaamteloos grappen te maken met Ferdinand en, wat erger is, omdat ik er zo laagdunkend over deed. En waarom zit Bas me hier ook zo op te hemelen alsof ik de ster van het land ben?

Ik lach gewoon mee. Ik kan het niet helpen. Het is de wijn die dat met me doet. En Bas. Hij wrijft een vingertopje jam op het puntje van mijn neus en dan geeft hij me daar een zoen. Iedereen ziet het. 'Zoet', zegt hij.

En allemaal barsten ze in veel te overdreven lachen uit.

Ik schaam me rot. Tegelijk is het wel fijn.

Als ik thuiskom krijg ik, al bij de voordeur, flink wat tegenwind van mama. 'Hoe zie jij eruit?'

Ik kijk naar mijn T-shirt, want daar wijst ze naar. Dat zit onder de jam.

'En wat doe jij raar!'

'Ik, raar?' vraag ik, maar het komt wat flauwtjes uit mijn mond omdat ik me meer focus op mijn hand, die haast van de deurstijl glijdt waaraan ik me vastklamp alsof er sneeuw op onze stoep ligt.

'Hoi', zegt Bas, die schuin achter me staat, tegen mama.

'Heb jij...' Mama stopt haar zin en kijkt naar Bas. 'Heeft zij gedronken, Bas?' Alsof ze van mij geen zinnig antwoord meer verwacht.

'Als je niet drinkt, ga je dood', zeg ik. En ik vind het grappiger dan ik normaal gezien zou vinden.

Mama's gezicht krijgt ineens een dieprode kleur. 'Ben je niet verlegen!'

'Sorry, mevrouw', zegt Bas. 'Maar we hadden een picknick georganiseerd met enkele oude vrienden van me.'

'En van een picknick word je dronken?' De stem van mama gaat zorgwekkend de hoogte in. Dat is nooit een goed teken.

'Nou, Kris had witte wijn in de mand gestopt en daar hebben we van genipt', legt Bas uit. Ik mag dan al een beetje in de wind zijn, ik hoor best hoe onbeholpen hij klinkt. Hij mag dan nog zo heldhaftig over de haag van de Deemse Vaart zijn geklommen, die eer valt hem hier op de drempel van ons huis niet meer te beurt. Ik sta hem uit te lachen terwijl ik mijn teenslippers van mijn voeten een eind de gang in schop. Mama volgt verbaasd het traject van mijn linkerslipper en kijkt dan megakwaad naar mijn gezicht. 'Je gaat te ver, Dina!'

'Sorry, mama', zeg ik. 'Die dingen zijn zo licht.' Alsof ze het over de slippers heeft.

'Dat bedoel ik niet!'

'Het zal nooit meer gebeuren, mams', piep ik.

'Nooit meer', echoot Bas.

'Dat is jullie geraden.'

Ik wil naar de keuken lopen, alsof alles opgelost is, maar mama houdt me met een hand tegen mijn schouder tegen. Bas, die me op de voet volgt, loopt tegen me aan. We gieren het uit van de pret!

'Jij gaat naar boven', zegt mama. 'En morgen blijf je thuis.'

'Maar…' doet Bas.

Mama geeft hem geen schijn van kans. 'En jij verdwijnt door dat gat daar.' Ze wijst naar de openstaande deur.

Bas doet wat mama zegt. Met hangende schouders loopt hij weg. 'Sorry, Dien', fluistert hij nog.

'Morgen gaan we…' zeg ik.

'Nergens heen', zegt mama.

Ze gooit de deur achter Bas zo hard dicht, dat het glas natrilt.

Mijn mobieltje biept. Daar zul je Bas al hebben, denk ik.

Mama steekt haar open hand naar me uit. 'En die geef je hier.'

'Wat?'

'Kom.'

'Ma-am!'

'Ik tel tot vijf', zegt mama.

Op vijf leg ik mijn mobiel in haar hand en loop met stampende voeten de trap op.

'En je komt pas naar beneden als ik het zeg!' roept mama nog.

Om zes uur mag ik uit mijn kamer, want dan eten we.

Omdat ik anderhalf uur heb geslapen, voel ik me al een stuk beter. Wat erg is: ik durf mama haast niet aan te kijken, want ik schaam me. Stel je voor: ik heb wijn gedronken. Ik ben nog niet eens dertien!?

Papa is natuurlijk op de hoogte gebracht, maar hij zegt niks. Hij kijkt alleen maar boos en negeert me. Ook Zus zegt niks, maar dat is omdat zij de hele tijd aan Michiel zit te denken natuurlijk.

Als alle borden leeggegeten zijn, krijg ik het gezegd: 'Sorry.'

Mama en papa kijken tegelijk naar me op alsof ik een radio ben die al jaren defect op het rek staat en waar nu ineens klank uit komt.

'Het was stom. Die wijn zat nou eenmaal in de mand.'

'Als er drugs in hadden gezeten, had je die ook genomen?' vraagt papa.

Ik kijk schuin naar hem. Ik schud nee. 'Natuurlijk niet.'

'Oef, pak van ons hart', zegt mama. Het klinkt behoorlijk nep.

'Is die Bas wel een geschikte kerel?' vraagt papa aan mama, maar hij zegt het natuurlijk nog meer tegen mij.

'Ja, natuurlijk', zeg ik. 'Bas is…'

'Jou vroeg ik niks, Dina.'

'Oh.'

'Dat valt inderdaad nog af te wachten', zegt mama. Ze gaat staan, neemt de borden die al op elkaar staan gestapeld van tafel om ze op het aanrecht te zetten.

En dan zeg ik iets erg fouts: 'Je kunt in dit gat maar beter niet te kieskeurig zijn.'

Zus, die met haar mes en vork zat te spelen, laat die dingen van de schrik op de tafel vallen.

Mama, die nog steeds bij het aanrecht staat, kijkt over haar schouder naar mij, maar dan met een blik zoals ik die ooit op het nieuws zag bij een hond die een kudde schapen had doodgebeten.

'Waar haal jij het lef?' piept ze.

Ja, dat weet ik dus niet. Het was eruit voor ik het wist. Daar heeft mama natuurlijk niks aan.

'Het gaat hier flink de verkeerde kant op met jou', zegt ze.

'Dat is niet waar', verdedig ik me.

'Wel waar!' roept mama. 'Sinds ze jou hier tot de ster van de wijk hebben uitgeroepen, loop je flink naast je schoenen, meid!'

Ik kijk even naar Zus omdat ik wil checken of ik bij haar wat hulp kan halen, maar die zit me aan te kijken alsof alles wat mama zegt eigenlijk net zo goed van haar had kunnen komen.

'Zus?' zeg ik.

'Dina, doe nou gewoon wat rustig', zegt ze.

'Maar ik doe rustig!' roep ik. Wat totaal haaks staat op mijn stelling, natuurlijk.

'Nee, je…'

Ik schuif mijn stoel achteruit, ga staan en kijk naar mama en dan naar papa en dan naar Zus. 'Wat hebben jullie tegen me?'

'Niks, Dien', zegt papa. 'Maar…' Ik luister niet naar wat hij nog te zeggen heeft. Ik loop naar mijn kamer.

Zus haalt me in. 'Wacht nou even', zegt ze. Vlak bij mijn kamerdeur hou ik halt. Met gekruiste armen ga ik tegen de muur staan. Ik vertik het om haar aan te kijken.

'Luister, Dina', zegt Zus. 'Mama was gewoon erg geschrokken toen je dronken thuiskwam.'

'Dronken? Kom zeg!'

'Dronken, Dina.'

'Ik had twee halve glaasjes op.'

'Mama zegt dat het zo begint. Met twee halve glaasjes. En ze heeft gelijk, zusje.'

'Ik heb sorry gezegd!'

Zus luistert niet naar me. Ze zegt: 'Het heeft ook allemaal te maken met Mien, die zo ziek is. Mama kan niet zo goed tegen dat soort dingen en dan gaat ze proberen ons overdreven te beschermen.'

'Maar daar kan ik toch niks aan doen?'

'Klopt', zegt Zus, 'maar als jij dan… *beneveld* thuiskomt, denkt ze meteen het allerergste. Toen jij op je kamer je roes lag uit te slapen', zegt Zus, met een spottend lachje om haar mond.

'Zus!'

'Grapje. In ieder geval, toen jij op je kamer was, hebben papa en ik de meest krankzinnige verhalen van haar moeten aanhoren. Hoe je onder een auto had kunnen lopen of hoe je dronken in de Deem had kunnen vallen en verdrinken of gewoon de weg verliezen en nooit meer terugkomen.' Zus moet er een beetje om lachen, maar ik doe niet mee.

'Zo zijn moeders, Dina', zegt ze. 'Het komt natuurlijk ook omdat ze veel met Lea praat en het gaat iedere keer weer over kinderen verliezen en...'

'Zu-us', zeg ik. 'Kinderen verliezen? Het gaat hartstikke goed met Mien.'

Zus zucht.

'Toch?'

Ze knikt. 'Het ging vandaag inderdaad wat beter, maar...'

'Het komt goed, Zus!'

Zus kijkt me met een scheve mond aan en ze heeft ook een kronkel in haar voorhoofd, maar ik wil het allemaal niet zien. Dus sluit ik mijn ogen.

'Het komt heus goed', hoor ik haar nog zeggen. Ze aait mijn arm.

'Ik zorg er wel voor dat je morgen mee mag naar het ziekenhuis', zegt Zus.

Ik open als de bliksem mijn ogen. 'Ik gá, hoor!' zeg ik.

'Natuurlijk. We gaan allemaal. Natuurlijk ga jij ook mee.' Zus aait mijn hoofd. Ik duw haar hand weg en ga weer naar beneden.

'Sorry, mama', zeg ik. 'Je hoeft niet bezorgd te zijn.' Ik pak een glas uit de kast boven de gootsteen. Niet dat ik zoveel dorst heb, maar ik wil gewoon iets omhanden hebben als mama, papa en Zus onafgebroken naar me kijken.

Ze knikt, mama, maar echt iets zeggen doet ze niet.

'Blijf je boos, mam?'

'Daar hoef ik niet eens moeite voor te doen', zegt ze.

Ik laat mijn schouders hangen en zucht diep. 'Ik doe het nooit meer', zeg ik. Uit de ijskast neem ik de limonade.

'Beloof het', zegt mama, terwijl ze gewoon verder doet waarmee ze bezig is. Ik weet niet eens echt waarmee.

'Ik beloof het.'

'Erewoord?' Nu kijkt ze me wel aan, al ietsje vriendelijker. Lijkt me.

Ik maak een V-teken met de vingers van mijn rechterhand. 'Erewoord.'

'Dan is het goed.' Ze draait zich om en loopt naar de ijskast.

'Mag ik morgen...'

'Natuurlijk', zegt mama. 'We gaan met zijn allen.'

Als ik de limonade in mijn glas giet, zegt ze: 'En nu naar boven!'

'Mam?'

'Ik had nog niet gezegd dat je naar beneden mocht komen!'

'Oké.'

40.

'Tien minuten', heeft de verpleger gezegd. 'En dan moeten jullie weg. Mien is heel snel vermoeid.' We kijken hem aan alsof we dat al eeuwen weten.

We passen met moeite in de veel te krappe ziekenhuiskamer, Charlotte, Steffie, Hamid, Sharbat, Bas, Zus, mama, papa en ik. Ferdinand, Lea en Sien waren er al toen we binnenkwamen. Onze aandacht ging eerst naar Sien. Dat kon haast niet anders, want ze gilde haast de hele verdieping bij elkaar toen we binnenkwamen. Zo blij was ze. Toen ging onze aandacht naar Mien. We werden allemaal stil.

Hoe ze daar ligt. Ze lijkt zo klein. Dat voel ik ons allemaal denken.

Mien heeft een pet op, maar juist door die pet merk je pas echt dat ze bijna helemaal kaal is. Dat medicatie zoiets kan aanrichten, denk ik. Wat wel super is: Mien ligt ons lief en lachend aan te kijken. 'Dina', zegt ze. Ze klinkt moe. Ze wil ook de namen van de anderen zeggen, dat zie je zo, maar Lea sust dat ze stil moet zijn. Dus kijkt ze ons een voor een aan, Mien.

'Het gaat erg goed vandaag', zegt Ferdinand.

'Elke dag beter haast', zegt Lea.

Hamid en Sharbat hebben tekeningen gemaakt. Die hangt papa boven het bed van Mien. Ze zijn echt mooi! Mien klautert uit een kuil en ze hangt onder het bloed en op de achtergrond staat een monster met een cirkelzaag. 'Mama zegt dat we niet langer naar dat soort films mogen kijken', zegt Hamid. We moeten erom lachen. Ook Mien. Ze heeft een tekening in haar hand. Die van Sharbat. Het is Mien, maar dan met haar. Ik denk dat Mien daarnaar ligt te kijken. Naar dat haar.

Ferdinand schuift de tekening zachtjes tussen haar vingers uit. Het lijkt alsof Mien in het papier knijpt. 'Kom, meid', zegt Ferdinand. 'Die hangen we naast de andere.'

Steffie en Charlotte hebben hun geld samengelegd en hebben voor Mien de *Teenie Glossy Glamour* gekocht. Ik vond het eerst een beetje misplaatst, dat trendy blad met mooie meiden met weelderige haardossen. Maar Lea, die de *Glossy* uit de geschenkverpakking nam, deed heel enthousiast en zoende Charlotte en Steffie op de wang. Zo blij was ze met dat blad voor haar Mien. Ferdinand heeft de middenpagina, die eigenlijk een poster is, uit het blad gehaald. Het is er een van Barcelona Ritz. Daar is Mien fan van.

'Oom Frans ook', zegt Sien.

Iedereen lacht. Ook Mien. Ik controleer het iedere keer als we lachen.

Ze houdt haar hoofd naar achteren als haar vader de poster naast de tekeningen van Sharbat en Hamid hangt. 'Superdemax!' zegt ze. Weer lacht iedereen. Ik ben er haast zeker van dat geen mens dat zou doen. Lachen om dat woord. We zeggen het misschien honderd keer per dag. Mama wordt er onnozel van als ik het zeg.

Maar het klinkt natuurlijk helemaal anders, raar, als het uit die kleine Mien in dat grote bed met slangetjes en buisjes komt.

'Vertel eens over de film, Dina', zegt Ferdinand ineens.

Ik voel mijn gezicht warm worden. 'Eh...' doe ik. Het is helemaal niet prettig dat hij mij die taak geeft. Iedereen hier kan over de film praten. En hij vast nog het meest.

'Toe nou', zegt hij.

'We zijn al volop aan het draaien', zeg ik. 'Het wordt mooi, hoor.'

Mien knikt blij. Haar ogen zijn groot.

'En ze is mijn zus', zegt Sien. Ze zit op de stoel waar ik naast sta en legt haar armen om mijn middel.

Mien knikt. 'Gaaf', zegt ze.

'Niet haar echte zus, hoor,' giechel ik. En ik hoor zelf hoe nerveus ik klink. Ik vraag me ook af of het goed is wat ik zeg. *Dat* ik wat zeg. 'Dat ben jij, natuurlijk', voeg ik er nog aan toe. Totaal overbodig. Het stomste, kleinste kind weet dat zij dat is!

'Ik vind het wel heel jammer, Mien', zegt Bas.

'Wat vind je jammer?' vraagt Mien, heel zachtjes.

We zitten hem allemaal afwachtend aan te kijken.

Bas wijst naar me. 'Dat ik nu haar, op het einde van de film, een zoen moet geven in plaats van jou! Dat is echt een streep door mijn rekening.'

We liggen allemaal in een deuk. Ook Mien. Het lijkt haast alsof ze bloost!

'Je moest eens weten hoe rot ik dat vind!' zegt ze. Ze kijkt sip, maar het is heel nep.

En dan doet Bas echt iets raars. Of nee, bijzonder, eigenlijk. Hij zegt: 'Wacht.' Hij stapt op Mien af, buigt zich over het bed en tussen de draden en slangetjes en een machine met cijfers en lichtjes, en geeft haar een zoen op de wang, maar echt bijna op de mond. Ik bedoel: het scheelt, wat? Drie centimeter of zo?

'Ooh!' doet iedereen.

'Zo, dat is ook gebeurd', zegt Bas.

Lea slaat haar handen in elkaar. Ferdinand voelt aan zijn oren. Ik weet ook niet waarom. Hij kan zijn tranen bijna niet bedwingen. 'Hemeltje', zegt hij.

Bas aait het puntje van haar neus en dan loopt hij behoorlijk stoer terug naar de plek waar hij stond.

Mien *straalt!*

Charlotte en Steffie steken hun duim naar Bas op. Niet dat hij het met hen afgesproken heeft of zo. Gewoon, ze vinden het geweldig wat hij deed.

Bas kleurt een beetje. Tegen zoveel bewondering is zelfs hij niet opgewassen.

Ik kijk naar mama en papa. Zij kijken, toevallig, naar mij. Papa knipoogt en knikt tegelijk en daarbij zit hij zich ook nog een keer in de handen te wrijven. Zo doet hij als Zus een feilloze opvoering heeft gegeven in de schouwburg en hij deed het toen hij te horen kreeg dat de baan die hij nu heeft voor hem bleek te zijn. Hij bedoelt dat het wel goed zit met die Bas. Mama wrijft haar ogen droog. Ook ik voel tranen komen. Het is een maf moment.

41.

Beste dagboek,

We draaien al zes dagen in de tuin van Ferdinand en Lea. Het gaat erg goed. Sien speelt haar rol zo geloofwaardig. Je zou haast zweren dat ze echt mijn zus is. Soms zou ik dat ook willen, want dat meisje is zo enthousiast. Heel anders dan mijn eigen, echte zus. Begrijp me niet verkeerd, dagboekje, ik hou van Zus, maar ze is de hele tijd somber en als ze dat niet is, zit ze met haar hoofd tussen het toetsenbord en het scherm van de computer. We hebben echt niks aan haar. Ook mama en papa klagen erover. Ze vragen de hele tijd wat er toch scheelt, maar eigenlijk weet iedereen dat het alles met Michiel en zijn reis naar de andere kant van de wereld te maken heeft. Eigenlijk begrijp ik Zus wel.

Vandaag zei mama tegen Zus dat het alles bij elkaar misschien wel een leerrijke ervaring zou zijn om met hem mee te gaan. Dat had ze met papa besproken. Zelfs met mij! Dus we zaten aan de eettafel allemaal te wachten tot Zus het zou uitschreeuwen van geluk toen mama het haar vertelde, maar ze zweeg erg lang en schudde uiteindelijk alleen maar vermoeid met haar hoofd en zei dat Michiel sowieso liever zonder haar ging. Hij noemde het een goede test voor hun relatie, vertelde ze. Daar begreep ik niks van! Zus legde uit dat, als hij enkele weken daar zou zijn, en Zus hier, dat dat hun relatie zou versterken. Dagboekje, ik garandeer je: toen snapte ik het nog minder. Hoe kun je ver weg van elkaar zijn en toch naar elkaar toe groeien? (Zo legde Zus het nog uit in een laatste poging om het mij duidelijk te maken, maar ze zag dat het niets uithaalde en toen zei ze dat ik het ook niet kon helpen dat ik nog maar twaalf ben. Zooo gemeen!)

Iets anders: morgen repeteren en draaien we de scène met Bas op zijn fiets. Dan zitten we al over de helft van het script. Ferdinand wil er toch nog iets meer horror in stoppen dan eerst in het script stond. Hij kan het niet laten! Lea is ertegen, maar Ferdinand houdt het been stijf, dus moet Bas morgen flink vallen met die fiets en bloeden als een kudde runderen. Nu ja, Lea is alvast een halve emmer bloed aan het aanmaken.

Na het draaien gaan we nog een keer naar Mien in het ziekenhuis. Ik breng zeker weer verslag uit, boekje.

Zoen, Dina

42.

'En nog een keer!' roept Ferdinand uit.

'Nee, niet weer!' klaagt Bas.

Bas is al acht keer gevallen met de fiets, maar volgens Ferdinand is het niet echt genoeg. Eerst heeft Bas geoefend om een beetje geloofwaardig te vallen zonder de fiets. Hij probeerde te opvallend om zich geen pijn te doen, vond Ferdi. Dat was ook wel zo.

'Wie haalt het nou in zijn hoofd om vrijwillig plat op zijn bek te gaan?' riep Bas uit. Hij klonk boos en echt ten einde raad tegelijk, maar wij hadden er allemaal plezier in natuurlijk. Toen het niet lukte zonder de fiets, moest hij het dan maar met fiets proberen. Dat lukte nog minder.

'Anders moeten we het vallen suggereren', zegt Bas. Hij zit moedeloos naast de fiets, onder het zand en plukken gras. Wat heb ik een medelijden met hem!

'Goed idee', zeg ik. Al weet ik niet eens wat hij bedoelt. Maar ik ga ervan uit dat 'suggereren' betekent dat hij dan gewoon rechtop mag blijven staan.

'Hoe dan?' vraagt Ferdi. Hij loopt nerveus heen en weer tussen de knotwilg en het kippenhok.

'Wel', zegt Bas. 'Je ziet me eerst gewoon rijden en dan filmt de camera een stukje van de omgeving. Je hoort ineens een knal en dan zie je dat ik op de grond lig, onder het bloed.'

Ferdinand staat erover na te denken. Hij houdt zich vast aan het kippengaas.

Frans ook. De twee broers staan het te bespreken alsof de wereld ervan afhangt.

Als ik met een beker bessensap uit de veranda kom, zijn de broers nog steeds aan het discussiëren en rijdt de auto van Lea de oprit op.

'Hoi, Lea!' zeg ik als ze uit de auto komt, maar het lijkt alsof ze me niet ziet en hoort. Ze loopt snel naar Ferdinand en Frans.

Haar jasje hangt maar over één schouder. Haar diadeem zit op haar voorhoofd. Ik denk: wat ziet ze eruit! Ze gaat heel dicht bij de mannen staan, alsof ook zij haar zegje wil doen over het vallen van Bas. Maar dan rennen Ferdinand en Lea naar de auto. In het voorbijgaan pakt Lea Sien nog vlug van de grond, in één beweging, alsof Sien gewichtloos is, en ze drukt haar tegen zich aan, alsof ze haar dochter nog net kan redden van een aanstormende vrachtwagen of zo. Ze opent de achterdeur van de auto, die nog steeds staat te draaien, en zet Sien op de achterbank. Iedereen staat hen verward na te kijken. Ook als ze met een rotvaart van de oprit scheuren, zegt niemand iets. Frans staat nog steeds waar hij stond. Steffie is de eerste die wat zegt. 'Wat is er, oom Frans?'

Oom Frans lijkt het niet te horen. Hij staart naar de grond.

Ik denk: Mien. Er is wat met Mien. 'Is er wat met Mien?'

'Wat?' vraagt oom Frans. Het lijkt alsof hij ineens wakker schiet.

'Wat is er?' vraagt Steffie nog een keer. Ze schudt aan de mouw van zijn hemd.

Frans knikt. 'Mien', zegt hij. Zijn gedachten lopen wat achter. Hij zit nog steeds bij de vraag die ik stelde.

'Wat is er dan met Mien?' vraagt Sharbat.

'Het gaat niet goed', zegt oom Frans. 'Laten we ermee ophouden voor vandaag.'

Hij kijkt een beetje wazig om zich heen. Alsof hij niet goed weet waarmee we precies gaan ophouden. Hij loopt de tuin uit, alsof hij zich ineens niet meer bewust is van ons. We horen het portier van zijn auto slaan en dan horen we hem starten en wegrijden. Een halve minuut later staan we nog steeds met zijn allen besluiteloos voor ons uit te staren. Dan komt iedereen tegelijk in beweging, alsof er in onze hoofden een sein is gegeven. Ik besluit de drank binnen te zetten. Bas rijdt de fiets onder het afdak. Charlotte en Steffie pakken de camera van de tuintafel. Ze lopen ermee naar de schuur. Sharbat en Hamid doen hetzelfde met het statief met spots. In enkele minuten tijd is de set opgeruimd. Dan staan we midden in de lege tuin. We zeggen niks.

Ik zou 'tot morgen' willen zeggen, maar het lukt niet. Het voelt alsof morgen nog te ver weg is, alsof dat zelfs niet bestaat.

'Moeten wij ook niet…' zegt Charlotte.

'Nee', zegt Bas. 'Ik denk niet…'

'Wat?' vraag ik. 'Wat, niet?' Ik klink geïrriteerd. De anderen schrikken ervan. Ze kijken me verward aan. Als ik ergens niet tegen kan, dan is het tegen dingen die maar half gezegd worden. Ik kan niet tegen onduidelijkheid. Tenminste, niet nu.

'We blijven maar beter hier, lijkt me', zegt Bas.

Ik knik. 'Wat zou er…' Ook ik zeg de dingen blijkbaar maar half.

Sharbat zegt: 'We gaan naar huis.' Ze bedoelt zichzelf en haar broer. Hamid knikt. 'Ik wil bidden', zegt hij.

We knikken allemaal, alsof het de normaalste zaak van de wereld is dat iemand dat zegt: ik wil bidden.

We lopen de tuin uit. Wie weet gaan we allemaal wel bidden.

Bas loopt nog een eindje met me mee. Niet dat ik het gevraagd heb of dat hij het aangeboden heeft, maar we wonen nu eenmaal niet zo gek ver van elkaar. Aan de hoek van de straat naar zijn huis zegt hij gewoon: 'Dag.' Zelfs dat ene, simpele woord klinkt verward.

Ik steek mijn hand naar hem op. Hij doet hetzelfde en springt op zijn fiets.

Vanaf daar tot thuis ren ik alsof er een leven van afhangt.

43.

Om iets over negen uur 's avonds gaat de telefoon.

'Ga jij maar', zegt mama tegen papa.

Traag gaat papa naar de telefoon, alsof hij er bang van is. Hij neemt op, zegt wie hij is en luistert. Hij zegt: 'Frans? Hoe…'

En dan zegt hij een hele poos niks.

Het telefoontje duurt niet lang, maar wel lang genoeg om me honderd keer af te vragen waarom Frans belt en niet Ferdinand of Lea. Mijn hart bonst in mijn hele lichaam. Vanuit mijn oog-hoeken zie ik hoe mama op de bank nerveus over haar bovenbe-nen wrijft. Alsof ze het koud heeft.

'Oké', zegt papa in de telefoon. 'We zien elkaar snel.'

Ik denk: het is oké. Mijn ouders spreken straks af met Frans en met Lea en Ferdinand. Tenminste, ik denk het, maar ik voel het niet.

'Sterkte', zegt papa. Dan haakt hij in. Het duurt lang voor hij zich naar ons omdraait. Mama legt haar handen voor haar ge-zicht. Mijn lichaam lijkt ineens een gigantische spier die samen-trekt. Mijn ogen schieten vol tranen. Door die tranen heen zie ik hoe papa over zijn schouder kijkt en naar mama knikt. Dan kijkt hij naar mij. Ik zie hem op me af komen. Ik voel zijn armen om me heen. Ik hoor mama huilen. Ze zegt wel vijf keer na elkaar: 'Dat arme kind.'

'Een vlek', zeg ik. 'Mam, hoe kun je nu doodgaan van een vlek?'

Ze zit bij me op bed. Al minstens een halfuur. Ik kan niet sla-pen. Zij ook niet. Niemand eigenlijk. Ook Zus niet. En het heeft deze keer niks met Michiel te maken.

'Het was niet zomaar een vlek, Dina', legt mama uit.

Dat weet ik ondertussen zelf wel.

'Maar toch…'

'Het zat in haar hele lichaam. Die…' Mama krijgt het woord niet gezegd.

Ik knik. 'Kanker', zeg ik.

'Ze was ook te verzwakt', zegt mama. Ze zit de hele tijd naar de muur boven het hoofdeind van mijn bed te staren. 'Zo'n jong mens.'

'Het is niet eerlijk', zeg ik. Onmiddellijk denk ik aan de laatste keer dat ik dat zei.

'Toen we verhuisden, zei ik dat ook', zeg ik.

'Dat het niet eerlijk was?'

Ik knik. 'Maar dat was zo stom.'

'Och, kindje', zegt mama. Ze legt haar hoofd op mijn schoot. Alsof zij een kind is en niet ik.

'Dit is honderd, nee, duizend keer erger', fluister ik, met mijn mond vlak bij haar oor.

'Soms moet je alles in de juiste proporties zien', zegt ze.

'Wat?'

Mama trekt haar schouders op en nestelt zich nog dichter tegen mij aan. 'Laat maar', zegt ze, maar meteen daarop draait ze haar hoofd in mijn richting. We lijken wel twee beste vriendinnen die de slaap niet kunnen vatten op een slaapfeestje.

'Sorry', fluistert ze.

'Sorry? Waarvoor?'

'Dat ik zo tegen je tekeerging laatst.' Ze ziet dat ik het nog steeds niet begrijp.

'Toen je zo'n piepklein beetje wijn had gedronken, met Bas', lacht ze. Ze kijkt weer van me weg, alsof zij zich nu een beetje schaamt.

'Kon ik de klok maar naar toen terugdraaien', zeg ik.

'Het geeft niks, Dina', zegt mama nog een keer. 'Ik overdreef. *Ik* zag het niet helemaal in de juiste proporties.'

'Nee. Niet daarom', zeg ik. 'Maar… nu ja, toen leefde Mien nog.'

Mama zucht heel diep. 'Het zou niks veranderen, Dien', zegt ze.

'Weet ik. Maar toch, ze zou nog leven.'

Mama knikt. 'De tijd terugdraaien en dan stilzetten', fluistert ze. Ze sluit haar ogen, kruist haar armen en trekt haar benen in. Ze lijkt wel een baby, maar dan een erg grote.

44.

Het is gek om ineens voor Ferdinand te staan. Vervelend haast. Als er een moment bestaat dat ik het liefste van al zou verwijderen, als een foto uit een digitaal fototoestel – niet goed? Hup, weg ermee – dan is het wel dit moment: Ferdinand die voor onze deur staat. Ferdinand die zopas zijn dochter heeft verloren. Ferdinand die er niet anders uitziet dan anders. Hoogstens een heel klein beetje magerder in het gezicht. Een beetje getrokken, zo noemt mama het. Hij overhandigt het overlijdensbericht van Mien. Het zit in een envelop met een donkere rand eromheen. Papa neemt het aan en blijft naar het gezicht van Ferdinand kijken. Niet naar de brief in zijn hand. Hij weet wat erin staat. Hij weet niet wat hij moet doen met Ferdinand zo dicht bij hem in onze gang. Hij zou hem, net als ik, willen wissen. Nu toch.

'Kom verder', zegt mama.

'Waar is Lea?' vraagt papa.

'En Sien?' vraagt mama.

Ferdinand volgt mijn ouders tot in de keuken. Hij zegt: 'Ze bleven liever thuis.'

Dan wordt er een hele tijd niks gezegd. Zus blijft gewoon aan de computer bij de keukendeur zitten. Ze zegt alleen: 'Dag, Ferdinand.' En ze kijkt heel even zijn richting uit. Ik denk om te checken of Ferdinand iets gaat zeggen of doen waaruit blijkt of zij nog meer moet zeggen dan wat ze al deed. Ferdinand steekt gewoon zijn hand even op. Als je niks wist, zou je denken dat er niks gebeurd is. Tenminste, niet zoiets akeligs.

'Wat een toestand', zegt papa plots.

Mijn ogen schieten meteen naar Ferdinand. Ik kan er niks aan doen. Ik vraag me af of die zin van papa wel past. Misschien kan ik het zien aan Ferdinand.

Hij blaast alleen maar. En hij vouwt zijn handen voor zich op tafel.

Mama schenkt hem een glas bier in. Ik denk dat ze niet eens heeft gevraagd of hij dat wel lust.

'Dank je', zegt hij. Hij hapt er meteen het schuim af.

'Je kunt het niet bevatten', zegt hij dan.

'Hoe neemt Sien het op?' vraagt mama. Ze staat een beetje angstig schuin achter Ferdinand. Ze komt achter hem vandaan, neemt een stoel, gaat vlak bij hem zitten en kijkt naar zijn mond. Om het antwoord niet alleen te horen, maar er ook uit zien te komen, zo lijkt het.

'Ze neemt het alles bij elkaar nog tamelijk goed op', zegt Ferdinand. 'Nu ja, goed is een misplaatst woord natuurlijk.' Je ziet hem nadenken over dat woord: goed.

Papa en mama knikken.

'De slag moet nog komen, denk ik', zegt mama voorzichtig.

Ik vraag me af wat ze bedoelt. De slag. Alles is toch al erg genoeg?

'Precies.' Ferdinand drinkt van zijn glas. 'We wisten het natuurlijk allemaal al een hele tijd', zegt hij.

'Echt waar?' vraagt mama. Ze kijkt geschrokken.

Ferdinand knikt. 'Al bijna een jaar wisten we dat het melanoom kwaadaardig was. Maar we wisten niet dat de kanker zo erg om zich heen had gegrepen.' Ferdinand slikt iets weg. 'Dat die rotkanker zo verschrikkelijk huis had gehouden in dat kleine lijf van ons Mientje.' Hij bedekt met een hand zijn twee ogen. Zijn lichaam schokt een beetje. Mama legt haar hand op zijn bovenarm. 'Het is wat', mompelt ze. 'Het is wat.' Dan vloekt ze. Ik denk dat ik haar dat voor het eerst hoor doen.

'We houden ons allemaal sterk', zegt Ferdinand na een poosje huilen. Hij wrijft met de muis van zijn hand zijn ogen droog. 'Natuurlijk, als we gewoon thuis zitten, dicht bij elkaar, maar dan zonder Mien, ja, dan is het niet uit te houden.'

'Kan ik best geloven', zegt papa.

'Sien loopt verloren, dat kind', zegt Ferdinand.

'Ze mag altijd hier komen, hoor', zeg ik. Ik kijk meteen naar mama om te zien of het wel oké is. Ze knikt, niet naar mij, maar naar Ferdinand. 'Natuurlijk', zegt ze. 'Altijd welkom. Jullie allemaal', zegt ze.

'Jullie zijn lieve mensen', zegt Ferdinand. Hij kijkt ook naar mij en dan naar Zus bij de computer. Alsof ze het voelt, kijkt ze even terug en glimlacht naar hem. Ze haat dit moment. Ik kan het aan haar zien.

Ferdinand legt even zijn hand op de brief op de keukentafel. Hij zegt: 'We zijn geen gelovige mensen. Het wordt een bescheiden afscheid voor wat familie en verwanten, bij ons thuis. Ook het klasje van de meisjes komt. En jullie natuurlijk.'

'Natuurlijk', zegt mama.

Ferdinand gaat staan. 'Daarna is het de crematie, maar daar willen we liever niemand bij. Alleen Lea, Sien en de grootouders.' Hij duwt de stoel onder de tafel en stopt zijn handen in zijn zakken.

Mama en papa staan te knikken. Om wat hij heeft gezegd. Dan staat Ferdinand nog wat bij de deur te drentelen.

'Nou', zegt mama voorzichtig. 'Kom gerust langs, Ferdinand.'

Hij knikt. 'En daarna is het de vertoning op het grasveld', zegt hij. Waarop hij indringend naar mij kijkt.

'Wat? Welke vertoning, Ferdinand?'

'Na de crematie', zegt hij. Hij pakt de stoel en gaat zitten. 'Ik wil dat de film op het grasveld wordt vertoond.' Hij kijkt naar beneden. Alsof hij zich schaamt.

'Het mysterie van de zusjes Bladerdeeg?' vraag ik.

Ferdinand knikt. Nog steeds zonder op te kijken.

'Hoe…' zegt mama. Het lijkt of ze al vergeten is wat ze eigenlijk wilde vragen.

'Zal dat…' zegt papa. Ook hij weet het ineens niet meer.

'Ik weet niet hoe of wat en zo', zegt Ferdinand. Hij kijkt hulpeloos naar mama en dan naar papa en dan naar mij. Zijn ogen blijven haken bij de mijne. 'Maar het zou fantastisch zijn als de film klaar zou zijn tegen de uitvaart. En dat die dan op een groot scherm op het pleintje van de wijk zou worden vertoond. En iedereen is welkom, natuurlijk. Het hele dorp!' Zijn ogen smeken haast. 'We hebben vijf dagen', zegt hij. Hij wijst naar de brief. Zaterdag is de uitvaart, wil hij zeggen.

'Maar kan Sien dat?' vraag ik. 'Ik bedoel…'

Ferdinand knikt. 'Ze weet het', zegt hij. 'Ze weet het al… langer. Vlak nadat we de rollen hadden verdeeld voor Het Mysterie, kregen we te horen van de dokters dat Mien snel…'

'Oké', zeg ik. 'Oké, Ferdi…'

'Doe je het?' vraagt hij.

Ik zei eigenlijk niet oké op zijn vraag, maar wel omdat hij naar woorden zocht voor iets wat we zo wel weten.

'Dina?'

Ik werp een blik naar mama. Ze doet iets met haar wenkbrauwen waaruit ik kan aflezen dat zij vindt dat ik het moet doen. Voor Mien.

'Voor Mien', zeg ik. 'En Sien, natuurlijk.'

'Ja', zegt Ferdinand. Hij lacht bijna. 'Voor Sien ook!'

'En voor jullie, Ferdi', zeg ik. 'Lea en jij.'

Hij knikt alsof hij onder stroom staat. Ferdinand springt haast van zijn stoel en komt op me af. Hij omhelst me, laat me los en kijkt me met tranerige ogen aan. 'Ik hou zo van jullie', zegt hij. Hij kijkt om, naar mama en papa. Hij steekt zijn duim op. 'Bedankt', zegt hij. Dan gaat hij de gang in. Mama loopt achter hem aan. Om hem uit te laten.

'Top, meisje', zegt papa. Hij gaat naar het glas van Ferdinand dat nog meer dan halfvol op tafel staat. Hij giet het in één keer achterover. 'Top', zegt hij nog een keer.

'Als ik ergens mee kan helpen', zegt Zus. Ze is eindelijk van de computertafel weggeraakt. Ze staat vlak bij me.

'Natuurlijk', zeg ik.

Zus slaat haar handen in elkaar. 'Wat eerst?'

'De spelers mailen', zeg ik. Zus loopt al naar de computer. Ik pak haar arm en hou haar tegen. 'Maar dat doe ik wel', zeg ik.

45.

Iedereen is er: Bas, Hamid en Sharbat, Charlotte, Steffie, mama, Lea en Ferdinand, Zus, oom Frans en Sien.

'We hebben dik drie dagen de tijd om zestien pagina's in te blikken', zegt Frans. Hij heeft naast het opnemen met de camera, ook een beetje het regisseren voor zijn rekening genomen omdat Ferdinand zich nu niet ten volle kan concentreren. Ook Lea kijkt gewoon toe. Ze zijn wel bereid in te springen waar nodig. Ze zitten de hele tijd op het randje van hun stoel, alsof het de hele tijd nodig kan zijn.

Omdat we een beetje in tijdnood zitten, heeft Frans samen met Ferdinand wat tekst geschrapt.

'Dat doet veel goeds aan het script', zegt Zus.

Ferdinand kijkt haar een beetje argwanend aan.

'Zus heeft bijna een acteursdiploma', zeg ik.

Nu valt zijn mond wagenwijd open.

Frans voelt of ze wel echt is. 'Dat meen je?'

Zus knikt trots. 'Ik heb al drie jaar drama gedaan en speel nu al professioneel theater bij een internationaal gezelschap. We hebben op de academie ook erg veel repertoirestudie gedaan en een belangrijk vak was scenario. Vandaar.'

Ik denk: heeft ze dat uit het hoofd geleerd?

Frans en Ferdinand zeggen tegelijk: 'Vandaar?'

'Vandaar dat ik weet dat uw scenario veel overtollige dingen bevat. Schrappen is geen overbodige luxe.' Zus wijst naar het bundeltje papieren dat ik in mijn hand heb.

Ik denk: oh nee, straks worden de heren kwaad. Die staan te knikken als gek. 'Schrappen!' roept Ferdinand uit.

Zo meteen haalt hij de snoeischaar uit de schuur, sta ik me voor te stellen.

'Ik had al langer met wat professionelen moeten samenwerken', zegt hij, met zijn hoofd schuddend om zoveel verloren tijd.

'Wie zou dat betaald hebben?' vraagt Lea.

'Mens!' zegt Ferdinand. Hij duwt haar een eindje van zich af, dat ze zich uit de voeten moet maken. Hij meent het natuurlijk niet en geeft haar onmiddellijk een zoen.

'Zeg me wat ik eruit moet halen, Zus', zegt hij. Hij overhandigt haar het pak papier.

'Eh…' Zus staat er besluiteloos naar te kijken. 'Dan zou ik het nog een keer moeten lezen', zegt ze.

'Geen tijd voor', zeg ik.

'Precies', zegt Frans.

'Ik bekijk het wel per scène die jullie spelen', stelt Zus voor. 'Als ik wat merk, laat ik het meteen weten.'

Frans en Ferdinand knikken. 'Goed plan!'

Veel valt er niet meer te schrappen. We doen eerst het stuk waar ik verschrikkelijk moet hoesten, want ik heb namelijk de kinkhoest in het verhaal. Het is echt supermoeilijk, dat hoesten. Ik krijg haast meteen een schuurpapieren keel. Zus doet voor hoe het moet. Ik wist niet eens dat er een techniek bestond voor hoesten in het toneel. Als ik de kinkhoest een beetje onder de knie heb, mag De Mooie Jongen (Bas dus) de verhalen voorlezen die ervoor zorgen dat ik beter word. Bas heeft zelf boeken meegebracht waaruit hij mag voorlezen, want in het script stonden geen fragmenten omdat Ferdinand daar niet in thuis is. 'Meer dan de sportpagina's in de krant lees ik doorgaans niet', zegt hij, bijna trots. Bas leest stukjes uit *De Verzamelde Sprookjes van Grimm*, *Pommelientje is Verliefd* en *Stekelbes en de Charmante Prins*.

'Dat zijn, nu ja, *waren* mijn favoriete kinderverhalen', zegt hij. Hij wordt knalrood omdat Charlotte en Steffie hem een mietje noemen.

Ik zeg dat ik het lief vind en zelfs dapper dat hij dat durft toe te geven. In ruil voor zoveel goeds genees ik totaal geloofwaardig door zijn magische verhalen in minder dan vijf minuten tijd van

een hoest waar kinderen in de middeleeuwen meestal aan stier-
ven. Zoiets zeg ik niet, want natuurlijk wil niemand het hier en
nu over sterven hebben. Dat snap je wel.

Eigenlijk doen we zo meteen twee scènes na elkaar, maar Frans
zegt dat ze er goed genoeg uitzien en wil het onmiddellijk vast-
leggen met zijn camera. 'Geen tijd te verliezen', zegt hij.

Sien, Bas en ik herhalen nog eens versneld onze tekst en hup,
er wordt gedraaid.

Vandaag zetten we vier scènes op de band. Nog vijf te gaan.

Tegen het einde van de dag is iedereen flink moe. Charlotte en
Steffie zijn helemaal klaar, want op het einde komen zij er niet
meer in voor. Dus doen ze vanaf morgen de make-up en het haar.
Zus wil voortaan de tekst fluisteren als de acteurs die vergeten.
Sharbat en Hamid spelen elk nog een klein figurantenrolletje op
het einde (twee kinderen met kinkhoest die mijn filmzusje bijna
besmetten), maar dat draaien we overmorgen pas. Dat en het slot
waarin De Mooie Jongen en ik stapelverliefd op elkaar worden.

'Jullie moeten zoenen', zegt Zus, die het einde van het verhaal
nog een keer doorneemt.

'Niks van', zeg ik vliegensvlug.

'Toch wel', zegt Sien. 'Het staat er.' Ze wijst naar de laatste pagina.

Iedereen knikt.

'Dat wordt ook geschrapt', hap ik.

'Geen overbodige luxe, dat schrappen', zegt Bas pesterig tegen
Zus.

Zus steekt haar tong uit. 'Je mag ook niet te veel schrappen,
natuurlijk.'

Bas en ik kijken elkaar vanuit onze ooghoeken aan.

'Maakt ons niks uit, hoor', zegt hij.

'Alles voor de kunst', zeg ik.

'Alles voor…' zegt Bas, maar hij slikt wat hij nog had willen
zeggen in en kijkt schuin naar Lea en Ferdinand. 'Sorry', zegt hij.

Ferdinand komt met afgemeten passen op hem af. 'Sorry?' vraagt hij. 'Sorry waarvoor, Bas?'

'Nou... ik wilde zeggen...'

'Voor Mien?' vraagt Ferdinand.

Bas knikt.

Nu knikt Ferdinand ook.

'Natuurlijk', zegt hij. 'Voor Mien. Doe het voor haar.'

Bas wordt rood.

'Ze vond jullie meteen al een mooi stel', zegt Lea.

'Echt?' roepen Bas en ik tegelijk.

'Echt', zegt Lea.

Elk om de beurt maken we wat keelgeluiden, ik stop zelfs mijn vinger diep in mijn mond alsof ik wil kotsen, maar als iedereen dat soort flauwekul al een poosje flink zat is, kijken Bas en ik zo stiekem naar elkaar vanuit onze ooghoeken, dat iedereen het heeft gezien. Waarop Steffie een zelfverzonnen liefdesliedje begint te zingen en Sharbat en Charlotte een toepasselijk dansje uitvoeren op een vierkante meter. Bas en ik gooien overdreven kushandjes naar elkaar, om het allemaal nog een beetje aan te zwengelen. Frans draait aan de hendel van een ingebeelde camera. Zijn andere hand is de lens. Bas en ik doen overdreven glamoureus.

Dan zie ik hoe Ferdinand en Lea van de drukte weglopen en elkaar achter in de tuin omhelzen bij de knotwilg. Sien staat er wat onwennig naast. Ze heeft haar handen op haar rug en staart over het kippenhok, alsof daar een heleboel te zien is. Uiteindelijk vlijt ze haar hoofd tegen de rug van haar moeder.

Iedereen heeft het gezien. We kijken naar elkaar en schamen ons omdat we zo lollig deden.

Charlotte en Steffie lopen naar Sien. Ze zeggen iets tegen haar. Wat, hoor ik niet.

En dan pakt Steffie Sien op en gooit haar over haar schouder, om te dollen. Ferdi en Lea staan er een minuutje of iets langer naar te kijken. Ze glimlachen een heel klein beetje. Dan lopen ze hand in hand de veranda in.

De hele groep speelt nog een spelletje Schipper Mag Ik Overvaren, met Sien als middelpunt. Ze hoeft niet de hele tijd het verdriet van haar ouders te zien.

Als de avond bijna is gevallen, zitten Lea en Ferdi al een poosje op de veranda naar ons te kijken. Ze drinken bessensap en zwaaien ons uit als we weggaan.

46.

Lief dagboek,

De voorbije twee dagen zijn supersnel voorbijgegaan. In één rechte lijn naar de dag van de begrafenis. Er was ook zoveel te doen. Er moesten nog kostuums worden gemaakt. Dat heeft mama samen met Lea gedaan. Frans heeft voor een groot scherm moeten zorgen waarop straks de film zal geprojecteerd worden, maar dat liep minder vlot dan hij had verwacht. Het is uiteindelijk via de moeder van Bas die een vriend heeft die bij de politie is en belast is met het vertonen van verkeersfilmpjes op scholen, dat we een groot, wit doek op poten hebben kunnen bemachtigen. Er moesten ook nog briefjes gemaakt worden voor de hele buurt. Dat hebben Charlotte en haar moeder voor hun rekening genomen. In die uitnodiging staat dat iedereen een kussen moet meebrengen, want we hebben nooit genoeg stoelen. We verwachten erg veel mensen. Lea, Ferdinand en Steffie hebben wel honderd liter bessensap gemaakt. De lievelingsdrank van Sien en Mien. Dat sap wordt geschonken na de vertoning. Eerst was er nog sprake van een pauze, maar de film duurt amper vijfentwintig minuten. Het zou stom zijn om die nog een keer in tweeën te hakken.

De begrafenis was erg ontroerend. Het was niet in de kerk, maar in een zaaltje achter het parochiehuis. Er waren niet veel mensen. Ik heb ze geteld: tweeëndertig. Een man die leek op een pastoor, maar dan in gewone kleren, leidde de dienst. Hij praatte haast de hele tijd over de liefde voor films en voor elkaar. Het was meestal heel ontroerend wat hij zei, maar soms vertelde hij iets wat bijna op een grapje leek. Lea las iets voor. Het was een tekst van een schrijfster die gestorven was aan kanker, ongeveer tien jaar geleden. Lea had haar persoonlijk gekend. Ferdinand las niets. Dat kan ik niet eens, zei hij. Waarop iedereen even moest lachen. Hij sprak de mensen toe over hoe geweldig zijn dochters wel zijn. Geen enkele keer zei hij iets dat alleen maar over Mien ging. Hij had het steeds over 'de tweeling'. Nooit over kanker of doodgaan of van die dingen. Dat was wel raar. Je zou gezworen hebben dat hij het niet wilde geloven dat het zo was. Maar na de dienst, bij hem thuis, heeft hij haast de hele tijd zitten huilen, met het doodsprentje van Mien in zijn handen. Sien en Lea ook op den duur. Ook ik hield het niet droog. Ik denk dat iedereen wel een keer geweend heeft. Zelfs Bas. Maar dat heb je als je als jongen liefst van die meisjesverhalen leest. (Grapje!)

Het duurt nu nog welgeteld anderhalf uur en de film start. We hebben er ontzettend hard aan gewerkt en het resultaat mag er zijn. Oké, het ziet er nog steeds niet als een bioscoopfilm uit. Het verhaal is nog altijd tamelijk mager, maar er wordt wel in geacteerd alsof er een Oscar van afhangt. We hebben tijd noch moeite gespaard. De speciale effecten zijn deels door de hulp van Zus heel goed geworden. De belichting is stukken beter dan bij de andere films van Ferdinand. Dat komt dan weer een beetje door papa omdat hij zijn bedrijf zover heeft gekregen om te sponsoren. Hij wil niet zeggen hoeveel precies. Hij doet er heel geheimzinnig over, maar ik denk dat het wel een mooi bedrag is geworden. Voor de opnames van de laatste scènes hebben we zelfs een tweede, bijna professionele camera kunnen huren waardoor het geheel er nog spectaculairder is gaan uitzien. En, o ja, Bas en ik hebben elkaar gezoend op het einde. Het was een filmzoen, maar we deden niet extra ons best om elkaars lippen net niet aan te raken. We probeerden het wel, maar uiteindelijk raakten we ze toch. Daar leek niks tegen te beginnen. We gingen er zo in op dat we Frans niet eens 'cut' hoorden roepen toen het erop stond. Daar moest iedereen hard om lachen natuurlijk. Volgens Sien zijn we een stel, Bas en ik.

Volgens mezelf... bijna.

Zo, ik ga je nu maar laten, dagboekje want...

En dan gaat mijn mobiel.

Het is Marlowies. Als ik alleen nog maar haar naam lees, lijkt het alsof ik een emmer koud water over me heen krijg.

Hoi Dina. De voorstellingen van Joleo en Rumia waren top. Erg jammer dat jij er niet één keer bij was. Groetjes, Marlowies.

Het is geen emmer water die ik over me heen krijg. Ik sta onder een waterval! Het water klettert in mijn nek. Het is ijskoud en het ruikt vies!

Meteen bellen. Marlowies neemt niet op. Na enkele seconden wachttoon slaat het over op haar antwoordapparaat. Ik spreek niks in. Wat *kan* ik inspreken?

Senne, schiet het door me heen. Die zal razend zijn. *Ik zou het voor geen goud willen missen.* Dat heb ik hem gezegd. Nu ja, dat heb ik ingetikt op de chat. Hoe dan ook, gezegd of getikt. Dit mocht ik niet vergeten! Eerst probeer ik nog al mijn haren uit mijn hoofd te rukken, maar dat lukt natuurlijk niet. Dan besluit ik toch Senne te bellen. Ook hij neemt niet op. Ik probeer het drie keer. Zijn stem op zijn voicemail zegt: 'Senne is weg, spreek wat in als ik het zeg.' Dan een stukje uit zijn lievelingsliedje en een biep. Ik spreek niks in. Ik zou niet weten waar ik moet beginnen.

Martijn! Die is vergroeid met zijn mobiel. Hij neemt zeker op. En van mijn drie verre vrienden is hij nog de meest neutrale. Ik bedoel: met hem heb ik niet echt iets. Hij is gewoon een erg dikke vriend. Marlo is mijn hartsvriendin. Senne mijn als-ik-niet-verhuisde-was-hij-zeker-mijn-vriendje-vriend. Maar, ach, wat maakt het uit?

Ook Martijn neemt niet op. Naar hem probeer ik ook drie keer te bellen. Niks.

Ik klap mijn telefoon dicht en schop tegen mijn bureaustoel. Ik heb het verknald! Dit vergeven ze me nooit. En ze hebben nog gelijk ook.

Ik laat me op mijn bed vallen, sluit mijn ogen en probeer me Marlo voor de geest te halen. Ik probeer me haar voor te stellen in haar favoriete jurk. Die paarse met de blauwe bloemen en spaghettibandjes. Ik kan me perfect haar gele teenslippers voorstellen. Zelfs de speldjes in haar haar zijn haarscherp in mijn hoofd. Maar haar gezicht is vaag. Hoe hard ik het ook probeer, ik kan me niet eens haar ogen voorstellen. Waren ze nou groen of blauw? Of waren ze een stukje van beide? Ik laat een gil uit mijn mond ontsnappen en sla met mijn beide handen op bed. Ik haat mezelf. Omdat ik mijn beste vrienden verwaarloosd heb. Ik heb hen losgelaten. Niet langzaam, zoals mama bedoelde, maar ik heb hen in één keer uit mijn handen laten glijden, op het topje van de allerhoogste berg. *Als* ze nog in staat zijn om weer recht te gaan staan, zullen ze nooit of nooit meer die hele weg terug naar boven klimmen. Naar mij. Zoveel is zeker.

'Waarom gil jij?' Mama steekt haar hoofd tussen de kier in mijn kamerdeur.

'Ik ben de meest verschrikkelijke vriendin ter wereld!' roep ik uit.

Mama komt helemaal mijn kamer in. Ze legt de stapel gestreken wasgoed die ze in haar handen heeft op mijn bureau. 'Dat is niet zo, Dien', zegt ze. 'Ik denk dat jij de allerbeste vriendin van de hele wijde wereld bent.' Terwijl ze dat zegt, wijst ze met haar ene hand naar mijn slaapkamerraam. Dat doet ze omdat aan de andere kant het pleintje ligt en het grote scherm staat opgesteld. Omdat daar straks de film wordt vertoond. De film voor Mien. Ik schud mijn hoofd. 'Ik ben de meest onbetrouwbare vriendin die er bestaat', zeg ik.

'Dina!'

'Ma-am!' Ik laat haar het bericht van Marlowies lezen.

'Oh', zegt ze.

'Juist, oh', zeg ik.

Mama gaat op bed zitten. Ik zie haar nadenken. En ik zie ook dat ze op niks komt. Niks om hier een positieve draai aan te geven. Iets wat ze anders erg goed kan, mama.

'Nou', zegt ze. 'Erg boos klinkt ze niet, toch?'

'Kom zeg, mam!'

'Het is toch zo? Het is niet dat ze in het bericht heeft gezet dat je niks waard bent als vriendin of dat ze je nooit of nooit meer wil zien of zo.'

Ik haal mijn schouders op. 'Ze nemen hun telefoons niet op', zeg ik.

'Als die dingen op hun kamer liggen en zij zijn buiten of gewoon beneden, ja…' zegt mama, maar je kunt zo de twijfel in haar stem horen.

'Mam, je weet net zo goed als ik dat hun mobiel hun extra lichaamsdeel is. Dat ding hangt aan hen vast!'

Mama knikt. Ze denkt weer na. Dan slaat zij op het bed. 'Jezus, Dien! Waarom heb je het me niet gezegd? Ik wist niet eens dat ze voorstellingen hadden. Ik had je eraan kunnen herinneren. Je was ook zo druk met… nu ja, vandaag.' Ze wijst weer naar buiten.

We zeggen een poosje niks. Mama gaat staan. Ze aait mijn schouderblad. 'Het komt heus goed', zegt ze.

'Denk je?'

'Ik denk het wel. Maar het zal wel even tijd kosten.' Ze neemt de stapel kleren van mijn bureau en gaat naar de deur, maar voor ze echt weggaat draait ze zich om en zegt: 'Ik zou het toch alvast in een berichtje zetten of op de chat gooien, dat je… nu ja…'

'Wat?'

'Dat je het zo druk had met wat hier gebeurde.'

Ik knik. 'Doe ik.'

'Weet je, Dina… Het is niet niks wat hier allemaal is gebeurd.' Mama legt de stapel weer neer. Ze komt met afgemeten passen op me af. 'Hoe je het ook draait of keert, je hebt hier nieuwe vrienden gemaakt en meteen gaat er al iemand dood!'

Ik draai met mijn ogen. 'Mam, vrolijk me niet zo op!'

'Sorry, meisje. Maar het is niet anders.'

Dan gaat ze weg.

In de woonkamer ga ik aan de pc zitten en tik een e-mail in.

Lieve vrienden. Het spijt me ontzettend dat ik niet naar jullie voorstelling ben geweest. Ik begrijp dat jullie boos op me zijn. Maar hier is iets heel ergs gebeurd. Niet met mij of mijn familie, dus maak jullie daar geen zorgen over. Maar iemand die hier vlakbij woont en al een heel klein beetje een vriendin van me aan het worden was, is heel plots doodgegaan. Dat heeft me zo aangegrepen dat ik al de rest vergat. Er moest ook van alles geregeld worden en daar heb ik aan meegeholpen. Wat dat allemaal precies was en zo, vertel ik jullie later wel, als het weer goed is gekomen tussen ons. Want ik hoop zo erg dat het goedkomt!

Maar daarom ben ik dus niet naar de voorstelling gekomen. Het slorpte me allemaal enorm op. Het spijt me zo. Ik kan jullie niet vertellen hoe graag ik Joleo en Rumia had gezien. Dat meen ik echt. Ik hoop dat jullie me ooit kunnen vergeven. X Dina.

Dat bericht verstuur ik naar Senne, Marlowies en Martijn.

47.

'Dat jij niks merkt', zegt mama. Ze staat met gevouwen armen schuin achter me. Ze heeft een monkellachje.

Ik bekijk haar van haar haarpunten tot haar blote tenen in sandalen.

'Je hebt een nieuwe rok?' gok ik.

Ze schudt haar hoofd. 'Die heb ik al minstens vijf jaar. Maar ik draag hem liefst zo weinig mogelijk. Dat snap je', zegt ze.

Ik knik. Het is een pikzwarte rok. Mama droeg hem alleen maar voor de begrafenis van opa Domien, mijn grootvader langs papa's kant is dat, en die van oma en van tante Cleo.

'Nieuwe schoenen?' probeer ik nog.

'Nee, niks met mij', zegt ze. Ze kijkt heel opvallend in het rond.

'Oh!' roep ik uit. 'De woonkamer is helemaal klaar.'

'Sinds gisteravond al', zegt mama.

Ik sla mijn hand voor mijn mond. 'Sorry.'

'Je was toen nog te druk met de film en zo, liefje', zegt ze. 'Ik wilde je er niet mee lastigvallen.'

'Het is mooi, mams', zeg ik. Ik meen het echt. Het zandkoek-jesgeel is lekker zacht. Er hangen ook nieuwe overgordijnen. Ze zijn crèmewit en passen perfect bij de lichtbruine ramen en de kleur van de muren. Boven de bank hangt een foto van ons ge-zin, genomen toen we nog in ons oude huis, in ons oude dorp in het Bietenveld woonden.

'Dat heb je mooi gedaan', zeg ik.

Nu ik toch aan het rondkijken ben, zie ik ook dat de bank en de fauteuil een nieuwe mat onder hun poten hebben. Ook het salontafeltje is nieuw. De tijdschriften liggen keurig op een sta-peltje, naast een lijvige stompkaars. 'Net een foto uit een blad, mam', lach ik.

'Gaaf!' roept mama uit. Dan kijkt ze op haar horloge. 'Bijna tijd, Dien.'

Ik knik en loop naar de voordeur, maar met ingehouden pas. Mama ziet het. 'Wat is er?'

'Stel…' zeg ik.

'Stel wat?'

'Stel dat er niemand komt opdagen.'

'Dina, doe niet zo gek. Het zal stormlopen!'

'Storm?!' Ik grijp naar mijn hart. 'Stel dat het ineens begint te regenen. God, mama, daar hebben we niet eens aan gedacht!'

'God zal zijn best doen', zegt mama. 'Hoe erg hij de familie Klapperbeek ook in de steek heeft gelaten. Mama slaat haar hand voor haar mond.

Ik moet er beetje om lachen. 'Geeft niks, mam. Het *is* zo.'

Mama knikt. 'De weerman heeft niks over regen, hagel of sneeuw gezegd', zegt ze. Dan klemt ze haar lippen op elkaar. Ze is bang om nog meer gekke dingen te zeggen.

'Stel dat het heel hard begint te waaien', klaag ik. 'Het doek staat maar op twee benen, mams…'

Mama grijpt me bij de schouders. 'Het komt goed, Dina', zegt ze. 'Wees gewoon rustig.'

'Oké', zeg ik. 'Rustig.' Ik adem een paar keer diep in en uit. Intussen rolt er zich in mijn hoofd een lijst uit vol dingen die kunnen misgaan: het geluid werkt niet, het bessensap is bedorven, de band loopt vast! Dan gaat de bel.

'Daar zul je Bas hebben', zegt mama.

Het maakt me niet rustiger. Integendeel.

'Zullen we?' vraagt hij.

'Goed.' Ik bekijk hem van zijn glimmende herenschoenen tot zijn krullenkop. Ik kan het niet laten om even te lachen.

'Wat nou?'

'Niks', zeg ik. Ik vind het gewoon supergrappig: Bas in een nette jas en dito broek. Hij heeft gel in zijn haar gedaan. Het doet me aan de ijzerkrullen denken die op de grond van het metaalmagazijn van mijn oom Sander liggen.

'Je ziet er leuk uit', zeg ik.

Hij probeert een glimlach te onderdrukken. 'Jij ook, hoor', zegt hij.

'Hou op!' roept mama achter ons in de gang. 'Het lijkt haast een huwelijk.'

Bas en ik kijken tegelijk naar haar om.

Mama slaat haar handen in elkaar. 'Was het maar waar', zegt ze.

'Hou jij op!' roep ik uit.

'Toch beter dan... dit', zegt ze. 'Je weet wel.'

'Ja, natuurlijk', zegt Bas. 'Ik zou alles doen om Mien weer springlevend te zien. Zelfs trouwen met haar.' Hij wijst met zijn kin naar mij. Waarop ik hem een stomp geef. Hij pakt mijn hand. 'Kom', zegt hij. 'We mogen niet te laat komen, schat.' Hij knipoogt naar mama. Alsof het een grapje is.

48.

Op het plein zijn gelukkig al heel wat mensen komen opdagen. Sommigen zitten al op hun kussen. Anderen staan in groepjes te praten. Vanaf de kant waar Bas en ik komen aanlopen, hangt het witte filmdoek hoog boven de mensen. Het is een waanzinnig gezicht. Op het scherm staat een foto van Mien én Sien. Die twee waren altijd samen. Ik denk niet dat er een foto bestaat van Mien alleen. En als die al bestond, hadden Lea en Ferdi nog voor deze gekozen. Daar ben ik zeker van.

Bas knijpt even in mijn hand. Hij heeft me de hele weg niet losgelaten. Hij wijst naar het scherm. 'Mooi, hè', zegt hij.

'Prachtig', zeg ik.

Ferdinand, die samen met Lea met de ouders van Hamid en Sharbat staat te praten, ziet ons en komt meteen naar ons toe. Hij opent zijn armen en sluit er ons beiden in op. 'Fijn dat jullie er ook al zijn', zegt hij.

'Kunnen we nog wat doen?' vraagt Bas.

Ferdinand schudt zijn hoofd. 'Alles is klaar.' Hij wijst naar de projector aan de andere kant van het grasveld. 'Alleen nog op play drukken en klaar. In de garage van de familie Durrani staan de flessen bessensap en de bekers.' Hij wijst met twee handen naar het pleintje. 'De toeschouwers nemen plaats.'

Ik moet om Ferdinand lachen. Hij probeert heel deftig te klinken. Hij doet me denken aan een circusdirecteur.

De ouders van Hamid en Sharbat zwaaien naar ons. 'De kinderen komen zo', zegt hun papa. Het is voor het eerst dat hij wat tegen me zegt.

Ik steek mijn duim naar hem op.

Charlotte en Steffie zitten wat verderop, vlak bij het filmscherm, op een campingmatje te kaarten met Sien.

'Moet je daar eens zien', zegt Bas.

Ook mama en papa komen aangelopen. Mama heeft koekjes

gebakken. Die mogen in de garage van Hamid en Sharbat, bij het bessensap, zegt Lea. Tegen de tijd dat Bas en ik met mama en papa bij Steffie, Charlotte en Sien zijn gaan zitten, zijn het plein en de straat eromheen gevuld met mensen. 'Zie je wel', fluistert mama. 'Storm!'

Voor de film start, klimt Ferdinand op een stoel, waarop het geprat van de mensen stilaan wegebt.

'Allemaal bedankt', zegt Ferdi als het stil is. 'Voor jullie komst.' Hij opent zijn mond, maar sluit hem weer. Eventjes kijkt hij naar beneden. Het lijkt alsof hij naar woorden zoekt. Het plein is muisstil. Dan kijkt Ferdi weer voor zich uit. Hij schraapt zijn keel en zegt: 'Onze dochter is overleden.' Hij zoekt Lea met zijn ogen. Als hij haar gevonden heeft, wenkt hij haar. Lea komt langzaam naar hem toe en legt haar arm rond zijn middel, dat nu ter hoogte van haar schouder is omdat hij op die stoel staat. Het is een gek gezicht.

'We zijn doordrenkt van verdriet', zegt Ferdinand. 'Dat zal altijd zo blijven.'

Lea knikt zachtjes. Ze kijkt omhoog, naar Ferdinand, waardoor je de tranen in haar ogen duidelijk kunt zien.

'Sommige mensen...' gaat Ferdinand verder. Hij houdt even een pauze en kijkt naar de plek waar wij staan: Bas en ik, mijn ouders en Zus, Charlotte, Steffie, Hamid, Sharbat en Sien. 'Sommige mensen,' zegt hij nog een keer, 'die maken dat verdriet...'

Hij schudt zijn hoofd. 'Nee, die maken dat verdriet niet lichter. Dat lukt niemand. Hoe mensen dat ook proberen. Dit...' Hij haalt zijn adem van diep. Lea duwt haar hoofd onder zijn ribben. 'Dit valt niet lichter te maken', zegt Ferdinand.

Een minuut, op zijn minst, zegt hij niets meer. 'Maar toch,' zegt hij dan, 'toch zijn er mensen die dit verschrikkelijke verlies wat anders hebben ingekleurd. Mensen die met hun vriendschap... vriendschap voor onze dochters, vriendschap voor ons, ervoor zorgen dat wij niet in één keer alle hoop kwijtraken.'

Alsof het zo is afgesproken, kijkt hij tegelijk met Lea naar het

scherm schuin achter hen en zegt: 'Er is geen hoop dat Mien te-
rugkeert.' Ferdinand sluit zijn ogen. Er rollen dikke tranen over
zijn wangen, zoals de regen soms van de ramen kan lopen als het
al uren aan het gieten is. Hij wrijft met zijn twee handen over
zijn gezicht, alsof er een handdoek in ligt. Dan haalt hij nog een
keer zijn adem van diep en wijst naar ons. Hij zegt onze namen
niet. Daar ben ik blij om. Maar hij zegt: 'Bedankt, lieve buren,
voor dit alles.' Waarop er enkele mensen applaudisseren, tot iedereen meedoet. Het wordt een geklap van je welste. Er wordt
geroepen en gefloten. We weten er ons geen raad mee. Ikzelf sta
gewoon te hopen dat het applaus snel ophoudt en tegelijk ben ik
ook een beetje trots. Maar wat moet je dan? Hoe *sta* je dan?

Bas legt zijn arm om mijn middel. Ik kijk vanuit mijn ooghoeken naar hem. Hij staat zoals ik erbij sta, een beetje gebukt, alsof
het applaus en gejoel onze hoofden naar beneden drukken. Als
het uiteindelijk weer stil is, is oom Frans op die stoel geklommen.
Die wissel heb ik niet eens zien gebeuren.

'Beste mensen', zegt hij. 'Mijn broer is een filmmaker.' Hij
knikt, waarmee hij wil zeggen dat het absoluut waar is. Ferdinand is een filmmaker! 'Weinig mensen weten dat', gaat hij verder. 'Zijn dochters zijn actrices.' Weer die knik van hem. 'Onze
beste vrienden zijn dat ook.' Ook hij wijst eventjes naar ons.
Charlotte en Steffie kijken naar elkaar en grinniken.

'We hebben deze film voor Mien gemaakt', zegt Frans. Hij
wijst naar het scherm, schuin boven zijn hoofd. 'Bedankt voor
jullie komst.' Hij springt van de stoel af. Hij lijkt ineens sportie-
ver, lijkt me. Lichter. Straks even polsen of hij aan het diëten is.

Frans gaat achter een tafeltje met knoppen staan. Er klinkt
muziek.

'Ennio Morricone', fluistert Ferdinand.

'Wie?'

'Morricone is een beroemde filmmuziekcomponist', zegt hij.

'Once upon a time in the West', fluistert Bas.

Ferdinand geeft een mep op zijn schouder. 'Goed zo!' en

dan tegen mij: 'Was een bekende film waarvoor hij de muziek schreef.'

'Hoe hebben we dat betaald?' vraag ik.

'Snotneus', zegt Ferdi.

Tussen de muziek en de film is het een poosje stil. Ik denk: dat had beter gekund. In die stilte hoor ik ineens Zus achter me 'Michiel!' roepen. Terwijl ik sta te denken dat die kerel weer die hele rit heeft gemaakt om Zus te zien en dat het dus wel nog behoorlijk goed zit tussen die twee, hoor ik ook achter me: 'Juist op tijd?'

Ik denk: Mar...

'Raad eens?' hoor ik vlak bij mijn oor. Twee handen sluiten mijn ogen af.

'Marlowies?'

Het is Marlowies. 'Wat doe jij hier?'

'Film kijken', zegt ze.

'Ik ook', zegt iemand tegen de zijkant van mijn hoofd.

'Hè?'

'Kiekeboe!'

'Senne!?'

Senne omhelst me. Het kan me niet schelen dat iedereen ons staat aan te staren en dat we net zo irritant zijn als een kind in de nek van zijn vader op de eerste rij van een festival. 'Senne!' piep ik. 'Wat een verrassing!'

'En nog eentje', zegt Marlo. Ze wijst naar schuin achter me. Ik draai me om. Martijn!

Hij zoent mijn voorhoofd.

Bas zegt: 'Wat dacht je? Die hebben hun telefoons in de Deem gegooid of wat?'

Ik kijk helemaal in de war van Martijn naar Bas en dan van hem naar Marlowies. Hij heeft een flinke donderstenengrinnik om zijn mond. Hij zegt: 'Het moest wel een complete verrassing blijven.'

'Jij?' roep ik uit. 'Hoe?'

'Via de chat', zegt Bas.

'Dat meen je niet! Maar hoe…'

Ferdinand geeft me een tik en legt zijn vinger op zijn lippen. 'We wilden het vijf minuten stilleggen, Dien. Niet langer.'

De muziek van die Morricone klinkt weer over het plein. Lichten gaan uit. Het doek licht op. *Het mysterie van de zusjes Bladerdeeg* verschijnt in manshoge letters.

En dan: *Met dank aan Dina Van 't Sant voor haar vakkundige begeleiding, het invallen, de vriendschap. Zonder jou en je familie en al je fijne vrienden was dit nooit gelukt. Lea en Ferdinand.*

Marlowies slaakt een gilletje. 'Enig, Dien!'

'Gaaf!' zegt Charlotte.

Ik kijk naar die ene zin: al je fijne vrienden. Ik sla een arm om Marlo en een arm rond Charlotte.

En dan begint de film.

'Sorry, Marlo', fluister ik.

'Het is niks', zegt ze. 'Bas heeft alles uitgelegd.'

'Ja, maar toch…'

'Je had wel iets kunnen zeggen', zegt Marlowies in mijn oor.

'Weet ik.'

'Sst!' doet Bas.

Omdat hij in de film te zien is, natuurlijk.

'Wat een stuk, hè?' zegt Marlo. Ze draait overdreven met haar oogbollen in de richting van de film. Ik geef haar een stomp en wijs naar het doek.

Daar gaat Bas onderuit met zijn fiets. Het hele plein moet erom lachen. Het volgende beeld is er een van een fiets met daaronder de onfortuinlijke, maar mooie jongen. Er spuit een straal bloed uit zijn oor. Dat deed hij met een kabeltje en een pompje dat Ferdinand in elkaar had gestoken.

Ik voel hoe Bas, in het echt, mijn hand vastpakt.

Als ik in zijn richting wil kijken, raak ik niet verder dan Sien. Ze staat met open mond naar zichzelf op het doek te kijken. Achter haar staan haar ouders. Lea heeft haar handen op de schouders van Sien. Haar hoofd ligt op de schouder van Ferdinand. Ietsje verderop staat Senne. Hij voelt dat ik kijk en knipoogt. Martijn steekt zijn duim op. 'Mooi', zegt hij, maar dan zonder geluid.

Als de film al een hele tijd ten einde is, het sap gedronken en de koekjes gegeten, maken Martijn, Marlowies en Senne hun rugzak leeg. Ze hebben een slaapzak meegebracht.

'Wat gaan jullie doen?'

'Slapen!' roept Marlowies uit.

'Jullie kunnen bij ons wel pitten, hoor', zegt papa. 'Kamers zat.'

Maar mijn verre vrienden, vlakbij, willen liever in de openlucht slapen. Zo hebben ze dat afgesproken met Bas op de chat. Dus rijdt Bas ook nog om zijn slaapzak te halen en loop ik naar binnen om die van mij in enkele onuitgepakte verhuisdozen te gaan zoeken.

En zo liggen we een uurtje later onder de blote hemel, in de schaduw van het filmdoek in het gras.

Frans heeft de foto van de zusjes erop laten staan. De afspraak is dat wij de projector voor het slapengaan wel uitzetten.

Marlowies en ik, Martijn en Senne, Bas, Charlotte en Steffie, Hamid en Sharbat, Zus en Michiel, zelfs Sien, *allemaal* liggen we met een schuin hoofd naar die gigantische foto te staren. Al minstens een halfuur. Niemand die wat zegt. Ik kijk, maar ik denk vooral. Aan hoe vriendschap niks met kilometers te maken heeft, maar met wat je voor elkaar overhebt. Met wat je begrijpt van elkaar. En misschien ook niet. Ergens ook met loslaten, daar heeft mama gelijk in.

Maar niet te lang.

Ineens schiet de tekst van een liedje van acda en de munnik door mijn hoofd:

wanneer ben je vrienden
die elkaar niet elke dag hoeven te zien
en wanneer ben je geen vrienden meer

Met dat deuntje wieg ik mezelf langzaam in slaap.

Dan voel ik mijn mobiel trillen. Die ligt naast me in mijn slaapzak. Vergroeid, weet je wel. Stiekem kijk ik naar het schermpje. Het is Bas. *Slaapwelkus!*

Iemand duwt de projector uit, dus ook de foto van de tweeling. Ik gok dat het mama is of papa. Kan ook. Of Bas zelf. Het past wel bij zijn berichtje. Ik ben te moe om achterom te kijken.

Ik vraag het morgen wel.

Janneke Bladerdeeg: Sien Klapperbeek
Anneke Bladerdeeg: Dina Van 't Sant
De mooie jongen op de fiets: Bas 'Grasman' Van Dijck
Jasper Kinkhoest: Hamid Durrani
Yasmine Kinkhoest: Sharbat Durrani
Friedl Heks: Steffie Bronwater
Stien Heksemie: Charlotte Verdonk

Camera: Frans Klapperbeek
Catering: Petra Verschoor
Productieleider: Lea Gom
Assistentie: Dina Van 't Sant

Haar en Grime: Steffie Bronwater
en Charlotte Verdonk
Rekwisieten: Lea Gom
Geluid en belichting: Frans Klapperbeek
(met dank aan
Jan Van 't Sant
en de firma
Far Away Electronics NV)

Regie: Ferdinand 'Ferdi' Klapperbeek

Deze film werd opgedragen aan Mien Klapperbeek, die tijdens het draaien van deze film overleed. We zullen haar voor altijd heel erg missen.

De Bladerdeegbende
(splinternieuwe groepering van amateurgriezelfilmmakers)